Katharina Simon

CAROLINE
Die Entführung aus Paris

Schneider-Buch

1

Der Kaiser! Napoleon... Vor kurzem noch Herr über Europa, im vergangenen Winter in Rußland vernichtend geschlagen. Sollte Caroline sein Genie bewundern? Oder sollte sie ihn hassen, wie es so viele Menschen taten? Das fragte sie sich, als sie dem unscheinbaren, kleinen Mann gegenüberstand.

Sie waren in Sachsen, im Schloß des kleinen Ortes Düben. Es war ein grau-feuchter Vormittag, der 12. Oktober 1813. Im Zimmer loderte ein Kaminfeuer. Der Kaiser stand davor und streckte seine Hände der Glut entgegen.

Alle im Raum schwiegen, nachdem Alexander Helmbold gesprochen hatte. Ringsum war die Welt im Aufstand, Armeen marschierten gegeneinander. Doch in diesem Raum war nichts davon zu spüren. Der Kaiser war in tiefe Gedanken versunken.

Sein Gesicht strahlte Ruhe aus, so als trabten draußen nicht ununterbrochen Pferde vorbei, als ertönten dort keine Kommandos.

Napoleon drehte allen anderen den Rücken zu – ihr, Caroline, und Alexander Helmbold, dessen verwundeter linker Arm verbunden in einer Schlinge unter seiner Uniformjacke hing. Auf dem Tisch lag ein aufgeschlagenes Buch, dessen Seiten mit einer feinen Handschrift bedeckt waren. Soeben hatte Alexander dem Kaiser daraus vorgelesen – besser gesagt: in die französische Sprache übersetzt, nämlich die Zeilen von Carolines viel zu früh verstorbenem Vater. Und daraus ging klar hervor, daß dieses blühende, schöne Mädchen auf gemeine Weise um ihr väterliches Erbe betrogen worden war. Sie, die jetzt nichts anderes zu sein schien als eine Bauerntochter, war in Wirklichkeit eine der reichsten Prinzessinnen Bayerns.

Endlich drehte sich der Kaiser um. Mit gesenktem Kopf blickte er Caroline an. „Entkleiden Sie sich, Demoiselle", befahl er.

Caroline schoß das Blut zu Kopf. Ihr Mund öffnete sich zu einem abwehrenden Wort. Doch der Kaiser hatte schon verstanden. „Pardon!" rief er. „So war es nicht gemeint. Verzeihen Sie einem alten Soldaten. Ich habe mich nur falsch ausgedrückt. Zeigen Sie mir Ihren Rücken. Ich möchte das Muttermal sehen, das nur Sie und Ihre verstorbene Mutter zwischen den Schulterblättern tragen. Ich mißtraue Ihnen nicht, gewiß nicht. Noch weniger mißtraue ich meinem Freund Alexander, der mir vor wenigen Tagen bei Lützen das Leben rettete, indem er meinen Schimmel vor einer Granate zur Seite riß und selbst dabei verwundet wurde. Aber, verstehen Sie, ich darf nicht nur glauben. Ich muß mich überzeugen!"

„Das ist selbstverständlich, Majestät!" hauchte Caroline, noch immer blutübergossen.

Und Alexander sagte: „Wir danken Ihnen, Sire, daß Sie uns

angehört haben. Sie sind unsere Hoffnung!" Er forderte Caroline auf: „Bitte!"

Caroline griff sich mit beiden Händen in den Nacken, unter die goldbraunen Haare. Sie suchte den obersten Knopf ihrer weißen Bluse. Alexander wollte ihr mit seiner gesunden Hand helfen. Aber er war behindert, ungeschickt. Endlich streifte er den Stoff auseinander. Sanft drehte er Carolines Rücken dem Kaiser zu. Der Widerschein der Flammen aus dem Kamin belebte die weiße Haut, machte sie golden.

Napoleon hielt den Kopf gesenkt, hatte die rechte Hand unter der Uniformjacke. Doch nun zog er sie hervor. Seine Fingerkuppe strich über Carolines Nacken und zeichnete die Linie nach – diese Hand, die auf der Landkarte Europas die Marschrouten von Armeen bestimmt hatte, diese Hand war jetzt sanft.

„Wunderschön...", sagte der Kaiser. Er sagte es leise, wie zu sich selbst. „Demoiselle Caroline, wir beide sind uns nicht zum richtigen Zeitpunkt begegnet. Sie sind noch zu jung – und ich bin schon zu alt. Schade..." Seine Hand lag jetzt neben dem bräunlichen Muttermal in Form einer winzigen Fürstenkrone. „Das ist es!" erklärte er. „Ich sehe! Ordnen Sie Ihre Kleider wieder, Demoiselle." Er wandte sich seinem Sekretär zu. „Schreibt!" befahl er. „Schreibt an Seine Majestät Maximilian I., König von Bayern."

Er diktierte: „Mein Herr Bruder! Mitten im Kampf um das Glück unserer Völker erfahre ich von einem verabscheuungswürdigen Verbrechen, das in Ihrer Majestät Königreich begangen wurde. Zögern Sie nicht, es zu sühnen! Hören Sie: Jene Person, die sich jetzt als Fürstin zu Krötzingen-Waldegg umschmeicheln läßt, ist eine Verbrecherin. Sie verdient es so wenig, daß man ihr die Hand reicht, wie ihr Ehemann. Vor mir steht jenes Mädchen, das in Wahrheit die Erbin des Fürstentums ist. Ich verbürge mich mit meiner Ehre und mit meinem Ruhm dafür! Jede weitere

Aufklärung wird Euer Majestät mein Freund Monsieur Alexander Helmbold geben. Führen Sie die beiden Verbrecher, die sich Titel und Güter der Fürsten zu Krötzingen-Waldegg angemaßt haben, ihren Richtern vor. Es ist mein Wunsch, daß Prinzessin Caroline unverzüglich in ihre angestammten Rechte eingesetzt wird. Ich umarme Sie, mein Herr Bruder... und so weiter..."

Die Feder des Schreibers flog.

Napoleon setzte seine Unterschrift unter den Brief. „Versiegeln und noch heute mit Sonderkurier nach München, in die bayerische Residenz schicken!"

Der Sekretär eilte zur Tür.

„Sire!" rief Alexander. „Ihre Worte werden ihre Wirkung nicht verfehlen, selbst dann, wenn – was wir alle nicht hoffen – Bayern zum Feind übergehen sollte."

„Maximilian verhandelt mit Österreich. Ich weiß", antwortete Napoleon. „Er glaubt es für Bayern tun zu müssen. Er ist ein Dummkopf. Aber er ist doch ein König. Auch er kann kein Unrecht dulden. Sonst würde sein Staat zusammenbrechen."

Jetzt wurde stürmisch an die Tür geklopft. Französische Generale drängten herein. Sie salutierten. Sie beschworen den Kaiser: „Sire, lassen Sie auf Leipzig marschieren..."

Alexander winkte Caroline. Napoleon mußte jetzt eine Entscheidung treffen, von der alles für ihn abhing. Leise verließen die beiden den Raum. Napoleon bemerkte es nicht. Mit düsterer Miene hörte er seine Offiziere an.

So begann die Völkerschlacht bei Leipzig.

2

Franticek und Paul warteten in einem kleinen Zimmer des Dübener Schlosses.

Franticek Pavel, etwa im gleichen Alter wie Alexander Helmbold, ein schlanker, drahtiger Mann mit energischen Gesichtszügen, war ruhelos hin und her gegangen, während Paul, der hochaufgeschossene Bursche, der Caroline um Haupteslänge überragte und drei Jahre älter war, am Fenster stand und unruhig hinausschaute. Beide trugen im Gegensatz zu Alexander, der mit der Uniform eines französischen Offiziers bekleidet war, bürgerliche Kleidung.

„Endlich!" riefen Paul und Franticek wie aus einem Munde, als Alexander und Caroline eintraten. „Was hat Napoleon gesagt?"

Alexander berichtete mit knappen Worten.

„Herrlich!" rief Paul überschwenglich und warf die Arme in die Höhe. „Wenn der König von Bayern Napoleons Schreiben erhält, gebe ich keinen Pfennig mehr für Herta und Miko. Sie kommen aufs Schafott. Oder mindestens in den Kerker. Da können sie dann in Ketten ihren Traum von der schönen Zeit als Fürst und Fürstin zu Ende träumen."

„Ja...", sagte Caroline zögernd. „Ich verstehe dich, Paul. Sie haben mich mehrmals töten wollen. Sie verdienen ihr Schicksal. Aber..."

„Aber? Aber was?"

„Aber es sind doch Menschen!"

„Mitleid mit diesen Schuften? Das sieht dir ähnlich", rief Paul. „Ja, begnadige sie nur alle, Prinzessin, nimm sie in Ehren im Schloß auf!"

„Warum so bitter?" fragte Caroline.

„Ach...", murmelte er. „Weil ich mich einfach ärgere. Jahrelang leben wir in Angst, jahrelang sind wir auf der Flucht, und nun, wo alles gut werden soll, willst du ihnen verzeihen."

„Das wird Caroline wohl nicht so einfach können", meinte Alexander ruhig. Man sah es ihm an, daß er nicht so zuversichtlich war.

Aber Paul verstand ihn falsch. „Ja", rief er, schon wieder versöhnt, „glücklicherweise kann Caroline das nicht entscheiden. Das entscheidet der König, das ist Sache seiner Gerichte. Da geht es nicht um Güte, da geht es um Gerechtigkeit. Die beiden wird die volle Härte des Gesetzes treffen. Und unsere Caroline wird die schönste und liebenswerteste Fürstin zu Krötzingen-Waldegg werden, die jemals im Schloß gewohnt hat." Er errötete selbst über seine Begeisterung.

„Wird jetzt wirklich alles gut?" fragte auch Franticek zweifelnd.

Alexander zog sich mit dem gesunden Arm einen Stuhl heran und setzte sich. „Ich weiß es nicht", murmelte er. „Fast wünschte ich, wir hätten den Kaiser nicht ins Vertrauen gezogen, ihn nicht um seine Hilfe gebeten. – Nehmen Sie das Tagebuch, Franticek, und verwahren Sie es gut. – Ja, verstehen Sie, ich konnte den Kaiser doch nicht daran hindern, an den bayerischen König zu schreiben. Ich konnte ihm nicht sagen: Sire! Warten Sie den Ausgang der Schlacht ab. Bedenken Sie, daß Ihr Wort in München vielleicht nichts mehr gilt, wenn Sie geschlagen werden, ja, daß es uns dort vielleicht sogar schaden wird. Ich konnte ihm das nicht sagen, Franticek, gerade jetzt nicht, vor dieser Entscheidung."

„Das verstehe ich..."

„Und dann: war das jetzt nicht die einzige und die letzte Chance für uns, mit dem Kaiser zu sprechen? Sollte er jetzt geschlagen werden – wird es ihn dann überhaupt noch geben? Er könnte fallen. Ich weiß, er sucht den Tod. Oder man wird ihn wie einen

Verbrecher behandeln, einkerkern, erschießen. Ach, ich wünschte, ich könnte dem Kurier nachreiten, ihn aufhalten."

„Und können wir das nicht?" rief Paul, der jetzt erst die Gefahr begriff.

„Nein", antwortete Alexander, „des Kaisers Reiter holt keiner ein."

3

Die Heere zogen nach Leipzig. In der Nacht vor der Schlacht regnete es. Und doch war der Himmel gerötet von unzähligen Wachfeuern. Eine halbe Million Soldaten war auf beiden Seiten versammelt.

Drei Tage dröhnte der Donner der Kanonen. Als sich der Schlachtenlärm verzog, schien Napoleons Schicksal besiegelt zu sein. Wer noch lebte, floh. Es war ein Gewühl von Soldaten: zu Fuß und beritten, verdreckt, mit zerfetzten Uniformen, Offiziere, Marschälle, Fahnen und Trommeln, Wagen und Kutschen.

Viele Dörfer brannten. Das Elend war unbeschreiblich. Sterbende und Tote lagen neben erschossenen Pferden. Verwundete wurden auf Schubkarren verfrachtet.

Noch während der Schlacht erhielt Napoleon die Nachricht, daß Bayern zum Feind übergegangen war. Mit dem Rest seiner Armee zog sich der Kaiser über den Rhein zurück.

Alexander Helmbold trug noch immer den Arm in der Binde. Er fieberte leicht. Da er nicht reiten konnte, fuhr er mit Caroline und Paul in einer Kutsche durch das Land. Franticek trabte mit gezogenem Degen nebenher. Plünderer waren überall, tauchten unversehens hinter Hecken auf, griffen an, raubten und schossen. Nur wer sich verteidigte, konnte überleben.

4

In München wurde gefeiert. Jetzt war Bayern unter den Siegern. Die Gegner Napoleons gaben rauschende Feste. Im Fürstlich-Krötzingen-Waldeggschen Stadtpalais flammten tausend Kerzen. Man sah Herren in Uniform und im Frack, blitzende Orden auf der Brust, Damen in weit ausgeschnittenen, prächtigen Gewändern. Das Parkett glänzte, und das Wogen und Wiegen, das Sich-Drehen-und-Verneigen wurde von den Spiegeln an den Wänden vervielfacht.

Herta, die Fürstin zu Krötzingen-Waldegg, tanzte nur einmal mit ihrem Gatten Miko, der blaß aussah und wie von einer Last niedergedrückt – sogar an diesem festlichen Tage. „Nimm dich wenigstens heute zusammen", herrschte sie ihn an.

Er lächelte mühsam. „Gewiß doch, Liebste. Du weißt ja, mein Hals... diese quälenden Schmerzen..."

„Ach, Schmerzen! Freu dich! Der Krieg ist vorüber. Von jetzt an wird unser Leben noch schöner. Wir werden reisen. Ich will nach Paris, sobald Napoleon am Galgen hängt!"

Herta ließ ihren Mann stehen. Sie suchte sich bessere Tänzer. Sie war umschwärmt. Nicht nur, weil sie die Fürstin und Gastgeberin war, nein, sondern vor allem weil sie die Schönste war, kühl und strahlend, eine metallische Schönheit – funkelnd, so wie sie ja auch vor Bosheit funkelte.

Ein bayerischer Offizier betrat den Saal. Er flüsterte dem Kammerdiener Eugen, der in einer grünen Livree am Eingang stand, ins Ohr: „Befehl Seiner Majestät..."

Eugen eilte zur Fürstin: „Hoheit, der König..."

Herta lächelte. „In die Residenz? Welche Ehre! Rasch, unsere

Mäntel. Und kein Aufsehen. Das Fest geht weiter. Wir sind bald zurück. Und ich denke, mit einer guten Neuigkeit."

Herta ahnte nichts. Sie dachte an eine Ehrung, an einen Orden für Miko, oder an eine Berufung in die Regierung. Die Parteigänger Napoleons mußten jetzt durch neue Leute ersetzt werden.

An ihrem Himmel gab es keine Wolken.

Die Diener legten ihr und Miko die Umhänge über die Schultern. Der Offizier salutierte. Sein Säbel klirrte, als er neben ihnen herschritt, im Kerzenschein die breite Treppe hinab, in die Einfahrt, zur Kutsche. Still saß er neben ihnen, sehr aufrecht. Miko war blaß, er suchte in Hertas Gesicht eine Antwort auf seine Fragen; sie schaute hinaus, die Münchner Straßen waren dunkel, erleuchtet nur von wenigen Laternen und dem Licht aus den Fenstern der vornehmen Bürgerhäuser.

5

König Maximilian I. wartete im Arbeitszimmer der Residenz. Da es spät war, eine nächtliche Stunde, war es ruhig. Keine Sekretäre, keine Minister. Der Offizier begleitete sie zur Tür. Ein Lakai öffnete.

Maximilian I. stand hinter dem vergoldeten Schreibtisch. Die beiden juwelengeschmückten Leuchter waren Geschenke des Zaren von Rußland. In jedem Leuchter brannten zehn Kerzen.

Miko verbeugte sich tief. Herta versank in einem Hofknicks.

„Lesen Sie!" König Maximilian hielt ihnen ein geöffnetes Schreiben entgegen. Seine Hand zitterte. „Dies kam mit Eilkurier aus Leipzig! Napoleon schrieb es noch vor der Schlacht. Lesen Sie, Fürst!"

Maximilian reichte Miko den Brief. Miko wurde blaß wie der

Tod, griff sich an die Kehle.

„Einen Stuhl, rasch, einen Stuhl!" Der König klingelte. Ein Diener schob Miko einen Polstersessel hin.

„Mein Gemahl fühlt sich nicht wohl", stammelte Herta. „Es geht gleich vorüber, Majestät. Wir kennen dieses Leiden. Erlauben Sie, daß ich lese, Majestät?" Herta hatte das Blatt schon in der Hand und überflog Napoleons Brief mit der ungeheuren Beschuldigung. Und während sie las, kannte sie den Inhalt schon im voraus. Immer hatte sie auf diese Stunde gewartet, sich innerlich gewappnet. Es traf sie trotzdem wie ein Schlag. Doch gleichzeitig sammelte sie all ihre Kraft, erinnerte sich an alles, was sie sich für diesen Moment vorgenommen hatte. Tausend Gedanken fuhren ihr durch den Kopf. Ein wirres Knäuel von Empfindungen. Aber klarer und immer klarer dachte sie dies: Möglich, daß wir unter dem Fallbeil enden. Aber noch ist es nicht soweit. Wenn ich untergehen soll, dann im Kampf. Und, wenn möglich, von eigener Hand.

„Nun, Madame?" fragte der König mit Ungeduld.

Sie hob den Kopf und sah ihn an, mit ihrem kalten Blick und einem verächtlichen Zug um den schönen Mund. „Sie fragen, Majestät?"

„Eine unerhörte Anklage!"

„Aber von welcher Hand!"

„Vom Kaiser der Franzosen, Madame!"

Herta verzog die Lippen noch verächtlicher. „Ein Kaiser? Wer waren seine Eltern, Majestät? Er kommt aus der Gosse, dieses Kind der Revolution, und er wird dahin zurückkehren. Das ist nur noch der Racheakt eines Besiegten."

„Was sollte Napoleon für ein Interesse haben?"

„Die Lust an der Zerstörung, die ihn zeitlebens leitete, Majestät. Doch im Grunde steht ein anderer hinter der Sache."

„Wer?"

„Alexander Helmbold. Ja, es ist ein abgekartetes Spiel. Vielleicht erinnern sich Euer Majestät daran, daß Alexander Helmbold verwandt war mit der verstorbenen Fürstin. Der Fürst hatte ihn vor seinem Tode noch zum Vormund seiner Tochter Caroline bestellt. Damit wäre Alexander, der Bürgerliche, sehr mächtig geworden, er hätte – mindestens bis zu Carolines Volljährigkeit – über das Vermögen verfügt. Da aber Caroline schon als Säugling starb und das Erbe an meinen Gatten fiel, wurde er um alles gebracht. Wer weiß, vielleicht wollte er sein Mündel sogar eines Tages heiraten? Dann wäre er selbst der Herr. Nun sind wir es. Und er verfolgt uns mit seinem Haß. Seit Jahren zieht er mit einem Bauernmädchen aus Dorf Waldegg herum und behauptet, sie sei die echte Prinzessin, von uns in der Wiege gegen das tote Kind einer irrsinnigen Häuslerin vertauscht."

„Napoleon schreibt, er habe den Beweis mit eigenen Augen gesehen!"

„Ein hübsches Bauernmädchen. Sie wird ihm den Kopf verdreht haben."

„Ich will mich selbst überzeugen", erklärte der König.

Herta erschrak wieder in der Tiefe ihres Herzens. Aber sie schwieg.

Maximilian überlegte. Lange. Endlich sagte er: „Meine Truppen kämpfen jetzt mit den Österreichern und Preußen gegen Napoleon. Ich habe dem Fürsten Karl Philipp Wrede den Oberbefehl übertragen. Ich vermute, daß sich das Mädchen in der Nähe von Napoleon aufhält oder in der Nähe von Alexander Helmbold, der ja in Napoleon Bonapartes Diensten steht, zu finden ist. Wahrscheinlich ist Caroline in Paris. Ich gebe Fürst Wrede den Befehl, sie zu suchen. Er soll seine besten Leute zu dieser Aufgabe heranziehen. Später, wenn Paris in unserer Hand ist, wird uns die französische Polizei helfen. Das Mädchen kann uns nicht entgehen, Fürstin. Dann wird sich alles aufklären!"

Herta rang immer noch nach Fassung. Du mußt etwas tun, du mußt selbst etwas tun, dachte sie verzweifelt. Und dann rief sie: „Majestät! Soll ich nicht... ich könnte doch selbst..."

Der König sah sie scharf an. „Nein, Sie werden nichts selbst unternehmen, Fürstin. Bei meiner Ungnade. Sie dürfen sich nicht dem kleinsten Verdacht aussetzen. Es ist alles meine Sache."

„Ich verstehe, Majestät!" Herta neigte ihr Haupt. Sie reichte Miko die Hand und zog ihn empor. Langsam folgte er ihr zur Tür, unsicher, rückwärts schreitend, wie es die Etikette befahl.

Die Tür schloß sich hinter ihnen.

„Unsere Kutsche!"

Im Wagen, bei Räderrollen und Hufgeklapper, suchte Miko Hertas Hand. „Laß uns fliehen", stöhnte er. „Nach Amerika. Noch können wir es. Mit viel Geld. Dort findet uns keiner..."

„Nein! Ich kämpfe! Alexander und Caroline werden verlieren!"

Miko lehnte sich kraftlos ins Polster zurück.

6

Miko kehrte nicht in die Festsäle zurück. Innerlich zerrissen, voll Angst, suchte er sein Schlafgemach auf.

Herta aber, Fürstin zu Krötzingen-Waldegg, lächelte, plauderte, tanzte mit Baronen, lieh jungen Offizieren den Arm. Gewiß, für Sekunden hatte auch sie den Gedanken an Flucht erwogen. Doch sie wußte: Nie würde sie sich sicher fühlen, auch in Amerika nicht. War Caroline erst einmal Herrin auf Schloß Waldegg, konnte Caroline über ihr Vermögen verfügen, und hatte sie Alexander, Franticek und Paul in ihren Diensten, dann würden diese vier nicht ruhen, sie und Miko im entlegensten Winkel der Welt aufzustöbern.

Nein! Caroline mußte nun endlich für alle Zeiten ausgeschaltet werden.

Sie überlegte: Auf welche Beweise stützte sich Alexander? Was hatte er Napoleon gezeigt, da doch das Tagebuch vor ihren eigenen Augen verbrannt worden war? Wie auch immer, es war ihr fester Entschluß, Caroline zu vernichten, koste es, was es wolle. Sie mußte verhindern, daß der König Caroline sah und sprach... mit all ihren Beweisen, was immer das für Beweise sein mochten.

Während Herta tanzte, überlegte sie. Sie selbst konnte nichts unternehmen, sie mußte so sehr im Hintergrund bleiben, daß selbst der König nie etwas davon erfuhr. Also brauchte sie einen Gehilfen, einen zuverlässigen, verschwiegenen Mann, der vor nichts zurückschreckte, nicht einmal vor dem Tod. Oh, sie kannte so manchen jungen bayerischen Leutnant, der für sie durchs Feuer gegangen wäre. Sie dachte an viele junge Männer mit offenen, klaren Gesichtern. Nein! Das war zu gefährlich. Der Mann, den sie suchte, durfte nichts mit der bayerischen Armee, noch besser, überhaupt nichts mit Bayern zu tun haben. Es durfte nicht auffallen, wenn er nicht in München war. Und er durfte später nie nach München zurückkehren! Nur, wer konnte das sein?

Und dann fielen ihre schweifenden, suchenden Augen auf einen Mann, den sie bisher kaum beachtet hatte: Iwan Fürst Borowsnikof. Er war ein Abenteurer aus Rußland, vielleicht nicht einmal ein Fürst. Ein Mann, so erzählte man, der vor nichts zurückschreckte. Bisher hatte er in München ein wenig beachtetes Dasein geführt – aber nun, nachdem Bayern sich unter die Gegner Napoleons eingereiht hatte und nachdem der russische Zar Alexander I. mit seinen siegreichen Truppen in Europa stand und den französischen Kaiser verfolgte, nun, nachdem die Russen Verbündete und Waffenbrüder waren, nun hatte sich das Blatt gewendet. Er, der sein linkes Auge unter einer weißen Binde verbarg, Iwan Fürst Borowsnikof, begann in Mode zu kommen.

Herta wußte: das war er! Skrupellos bis zum Mord, geldgierig, in zahllose Affären verwickelt, aus zahllosen Duellen mehr oder weniger siegreich hervorgegangen...

Herta lag in seinen Armen. „Sie sind ein wunderbarer Tänzer, Fürst Iwan!"

„Mit Ihnen, Fürstin, muß man entweder tanzen wie ein Gott, oder man ist ein Stümper!"

„Schmeichler!"

Fürst Iwan beugte sich vor und zog ihre duftende Hand an seine Lippen. „Verfügen Sie über mich!"

„Ich nehme Sie beim Wort. Kommen Sie morgen!"

„Sie machen mich überglücklich!" Fürst Iwan lächelte vieldeutig. Nichts konnte ihm lieber sein als Heimlichkeiten mit dieser schönen Frau. Er war in seinem Element.

7

Es war ein kühler, grau-feuchter Morgen, es nieselte.

Iwan Fürst Borowsnikof stürmte die Treppe zum Stadtpalais empor. Er trug heute eine dunkle Augenbinde.

Herta empfing ihn in ihrem kleinen Arbeitszimmer mit den goldbraunen Tapeten und dem Blick auf die Bäume des Parks.

Sie kam ihm einige Schritte entgegen. Sein von Narben entstelltes Gesicht drückte Mut, Frechheit und Kühnheit aus. Er beugte sich und küßte Hertas Hand. Was für eine zarte Haut, dachte er. Sein borstiger Schnurrbart kratzte und streichelte zugleich. Es war Herta nicht unangenehm. Und der Gedanke durchzuckte sie: Wärest du an Mikos Stelle mein Mann, wie ganz anders stünden die Dinge jetzt! Du hättest keine Halsbeschwerden. Und sie dachte weiter... Ehemänner können sterben, und noch eher können sie sterben, wenn sie krank sind. Niemand hindert eine Witwe daran, wieder zu heiraten. Warum sollte es nicht ein russischer Fürst sein, auch wenn er ein Abenteurer ist? Bin ich denn etwas anderes?

Er ahnte nichts von diesen Gedanken. Er wäre sonst womöglich noch kühner gewesen. Seine Gestalt straffte sich, als er sich jetzt aufrichtete. Um seine Lippen spielte ein Lächeln.

„Fürstin, was befehlen Sie?" fragte er mit seiner tiefen, rauhen Stimme, mit der Stimme eines russischen Bären.

„Es ist eine heikle Angelegenheit, und ich vertraue Ihnen viel an", sagte Herta.

„Sie können mir Ihr Leben anvertrauen."

„Es ist mehr als mein Leben..."

„Mehr als Ihr Leben, Fürstin?"

„Meine Ehre, Fürst Borowsnikof!"

„Wer ist der Schändliche, der Sie beleidigt? Ich werde ihn vor meine Pistole fordern!"

„Später, Fürst, später. Vor allen Dingen, schweigen Sie! Schweigen Sie auch über unsere Unterredung. Sind Sie bereit, München bald zu verlassen, und zwar unauffällig?"

„Jederzeit, Fürstin. Nur Sie selbst könnten mich hier halten."

„So gehen Sie. Ich werde Ihnen sagen, um was es sich handelt..." Und Herta erzählte. „Ich muß das Mädchen haben!" rief sie zum Schluß. Haß entstellte ihre schönen Züge. „Ich will das Mädchen haben, Fürst Iwan, und zwar bevor es Fürst Wrede, der Feldmarschall des Königs, findet!"

„Ich verstehe. Aber Mord, Fürstin..."

„Wer spricht von Mord? Es gibt Unglücksfälle..."

„Die gibt es."

Herta schaute den Fürsten prüfend an. Durfte sie ihm schon so sehr vertrauen? Sie überlegte. Dann sagte sie: „Wenn das Mädchen durch Zufall zu Tode kommt, erleichtert das alles. Jedoch, Sie sollen das nicht mißverstehen. Es genügt mir, wenn Sie sie an einen sicheren Ort bringen. Nicht nach Bayern, Fürst, sondern weitab. Auch Paris ist nicht gut. Dort wird Fürst Wrede mit seinen Offizieren sein. Bringen Sie sie in Frankreich aufs Land. Halten Sie sie dort fest."

„Wie lange?"

„Das spielt keine Rolle. Hauptsache, sie entwischt Ihnen nicht. Wenn Sie Caroline haben, kommen Sie. Dann werden wir entscheiden. Es gibt viele Möglichkeiten. Ferne, sehr ferne Länder und Inseln, von denen eine Wiederkehr unmöglich ist."

Das sagte Herta. Aber in Wahrheit dachte sie nicht daran, Caroline am Leben zu lassen. Sie scheute nur davor zurück, dem ihr noch fremden Mann jetzt schon den Auftrag zu einem Mord zu geben, nachdem er selbst davor zurückgeschreckt war. Das, dachte sie, wird sich finden. Sie schloß: „Meine einzige Bedingung ist, daß kein Mensch davon erfährt, nicht Fürst Wrede, nicht Seine Majestät König Maximilian I. von Bayern."

Er nickte.

„Sie bekommen Geld von mir, viel Geld."

„Damit läßt sich alles machen."

„Wenn man es richtig verwendet, ja. Doch da ist noch etwas. Wir müssen sehr vorsichtig sein. Ich bin nicht sicher, ob Caroline, besser gesagt, ob Alexander Helmbold nicht Freunde und Helfer hier hat, vielleicht sogar in meiner nächsten Umgebung. Sie sind eine auffällige Erscheinung, Fürst. Möglich, daß man uns beide zusammen beobachtet hat, gestern abend, möglich, daß man Sie heute morgen sah, als Sie zu mir gekommen sind. Und so müssen wir damit rechnen, daß eine Beschreibung von Ihnen Paris noch vor Ihnen selbst erreicht."

„Glauben Sie?"

„Vorsicht ist besser als Leichtsinn. Bleiben Sie also im Hintergrund. Ziehen Sie heimlich Ihre Fäden, gehen Sie scheinbar nur Ihrem Vergnügen nach, besuchen Sie die Spielsalons, die Bälle, kurz: amüsieren Sie sich, während Sie einen anderen für sich arbeiten lassen. Es sollte ein Franzose sein, der Paris wie seine Westentasche kennt und Französisch als Muttersprache spricht. Vergessen Sie nicht: derzeit gehören Sie, als Russe, noch zu den Feinden des französischen Kaisers..."

„Das ist wahr. Aber es wird nicht schwer sein, in Paris einen solchen Mann zu finden. Paris war schon immer die Heimat und der Tummelplatz der Abenteurer und Haudegen, auch die Stadt der Verbrecher."

„Gut! Aber seien Sie trotzdem vorsichtig. Mißlingt nur das Geringste, kenne ich Sie nicht mehr, Fürst!"

Bald war alles gesagt. Fürst Iwan beugte sich über Hertas schlanke Hand. Er lächelte. Er dachte an Paris. Eine aufregende Stadt. Die richtige Stadt für ihn, jetzt, wo er über Geld, über sehr viel Geld verfügte. Er wollte beides genießen – das Geld und die Stadt.

Fürst Iwan war auch ein Spieler.

8

Zunächst, als sie in Paris angekommen waren, damals, bald nach der Schlacht bei Leipzig, hatten Franticek, Caroline und Paul Quartier in einem einfachen Gasthof genommen. Alexander wohnte im Schloß Fontainebleau, außerhalb der Stadt, in der Nähe des Kaisers. Er mußte ständig zu Napoleons Verfügung stehen. Er reiste auch viel, in geheimen Missionen. Sein Arm heilte bald.

Doch er besuchte sie, so oft er konnte. So saßen sie auch an einem nebligen Abend beisammen. Von draußen schallte der Lärm der Straße herein, das Klappern der Hufe, das Rollen der Wagenräder, Geschrei, Gelächter und Peitschenknallen.

Alexander nagte an seiner Unterlippe.

„Sie machen sich Sorgen?“ fragte Franticek.

Alexander nickte. „Ja. Ich mache mir Vorwürfe. Ich fürchte, daß Herta nun mehr weiß und noch viel mehr ahnt, als uns lieb ist. Ich habe so vieles nicht vorausgesehen... Napoleons spontanen Brief an den bayerischen König... seine Niederlage bei Leipzig und daß Bayern zum Feind übergehen würde.“

„Wenn wir nur wüßten, was in München geschehen ist“, grübelte Paul. „Das würde uns vielleicht von der quälenden Ungewißheit befreien.“

Caroline stand am Fenster und schaute hinaus. „Die vielen Pferde und schönen Kutschen!“ rief sie entzückt.

„Ja, und in jeder kann dein Mörder sitzen“, meinte Paul düster.

„Das schlimmste ist, daß wir uns wieder einmal trennen müssen“, erklärte Alexander. „Noch nie hat der Kaiser so viele wichtige und geheime Aufgaben für mich gehabt wie jetzt. Ich muß fort. Und ich kann euch nicht mitnehmen. Franticek muß wieder die Verantwortung für euch allein übernehmen.“

„Das will ich gern“, erklärte Franticek. „Ich schlage deshalb vor, daß wir uns eine einfache Wohnung suchen, daß wir unsere Namen ändern und daß wir uns andere Kleider kaufen. Wir wollen so ruhig und unauffällig wie möglich hier leben. Alexander, kennen Sie in Paris keine vertrauenswürdige Person, einen Mittelsmann, der lieber sterben würde, als uns zu verraten?“

Alexander überlegte. Endlich rief er: „Natürlich, Mère Soleil, Mutter Sonne! So wird sie von ihren Freunden genannt. Sie hat eine Wäscherei, daher kenne ich sie. Sie ist treu wie Gold, absolut unbestechlich, sie kennt – das muß ich zugeben – die halbe Pariser Verbrecherwelt und ist sicher in zahllose Affären verwickelt. Sie war auch schon mehrmals im Gefängnis, aber sie hat noch nie jemanden verraten. Die finstersten Typen halten zu ihr und gehen für sie durchs Feuer. Sie ist – daher ihr Name – für alle wie eine Sonne, immer gutherzig, immer hilfsbereit. Und eben deshalb helfen ihr alle, selbst Mörder und Räuber. Auf Mutter Sonne ist so sicher Verlaß wie auf die Sonne am Himmel selbst. Ich werde mit ihr reden. Über sie können wir uns immer ganz unauffällig Nachrichten zukommen lassen, oder ihr könnt dort Hilfe bekommen!"

„Ausgezeichnet!" rief Franticek.

Wenige Tage später zog ein junger Vater aus Holland, der sich Mynheer Kamlag nannte, mit seinem Sohn Francis und seiner Tochter Carlotta in ein schmales Bürgerhaus in einer kleinen Nebenstraße. Sie waren ländlich und einfach gekleidet, diese Holländer. Sie verhielten sich still, gingen wenig aus, verbrachten ihre Zeit meist mit Gesellschaftsspielen oder Lesen und empfingen keine Besucher.

Sehr selten nur kam ein großer Mann in einem schwarzen Umhang, der seinen breitkrempigen Hut tief ins Gesicht zog. Er besuchte sie aber immer nur bei Dunkelheit, als ob er das Tageslicht scheute, und er benutzte nie den Straßeneingang, sondern die Hintertür, die man erreichte, wenn man seinen Weg über die Hinterhöfe nahm.

Der Herr blieb nie lange. Er hatte nicht viel Zeit. Und er fiel niemandem auf. Es war Alexander.

Sonst geschah nichts – lange Zeit.

Nur daß Mynheer Kamlag mit seinen großen Kindern an Sonn- und Feiertagen in eine der vielen Pariser Kirchen ging, wo für den Sieg des Kaisers und die Rettung des Vaterlandes gebetet wurde, wäre noch zu bemerken. Ob er aber Gottes Hilfe nicht eher für die Errettung aus eigenen Nöten, für die Befreiung von eigenen Sorgen anrief, das wußte kein anderer außer ihm und Gott allein.

9

Iwan Fürst Borowsnikof nahm eine elegante Suite, einige miteinander verbundene Zimmer, in einem der besten Hotels von Paris. Es war Winter und kalt, als er dort eintraf. Er gab an, daß er aus Preußen gekommen sei. Sofort begann er, sich in aller Heimlichkeit umzuhören. Doch er hatte Zeit. Immer wieder wurde von einem möglichen Friedensschluß der Verbündeten mit Napoleon gemunkelt. Gerüchte schwirrten täglich durch die Stadt. Noch waren die Feinde des Kaisers nicht einmal über den Rhein gesetzt. Es konnte noch lange dauern, bis sie in Paris einmarschierten, wenn überhaupt. So kam auch Fürst Wrede mit der bayerischen Armee noch nicht so bald.

Nicht sehr schwer war es, etwas über Alexander Helmbold zu erfahren. Daß dieser entweder beim Kaiser in Fontainebleau war oder aber mit wichtigen Aufgaben unterwegs, hörte er bald. Mehr aber auch nicht. Von Alexander Helmbold führte keine Spur zu Caroline und ihren Begleitern. Es war, als existierten diese nicht.

Da der Fürst sich als Ausländer, als Russe, in Feindesland befand und sehr leicht als Spion betrachtet werden konnte, verhielt er sich so unauffällig wie möglich. Er betrieb seine Nachforschungen nur unter der Hand, wie nebenbei, hielt Augen und Ohren offen und hoffte auf einen Zufall. Er genoß die Wochen. Seine einzige Sorge war, einen Helfer zu finden, dem er vertrauen konnte.

Er hielt sich viel in den Spielsalons auf. Er setzte hoch und verlor, oft gewann er auch. Große Verluste mußte er nicht hinnehmen. Er benutzte nicht selten gezinkte Karten, ja, er spielte falsch.

Am Spieltisch lernte er einen französischen Adligen kennen, Baron Louis de Montalembert. Der war auch ein kühner Spieler, so wie der Fürst selbst, doch ließ er sich leichter hinreißen, ein noch junger Mann mit einem offenen Gesicht. Mit ihm kam der Fürst ins Gespräch. Und er begriff bald, daß der Baron Napoleon haßte wie den leibhaftigen Teufel.

„Ja, ich wünsche seinen Sturz", vertraute ihm der Baron an. „Er ist ein Nichts, ein Bauernlümmel. Er ist ein Geschöpf der Revolution. In der Revolution, müssen Sie wissen, Fürst Iwan, starben meine Eltern unter dem Fallbeil. Und nicht nur meine Eltern, auch meine Zwillingsschwester Louise – so hießen wir: Louis und Louise – wurde geköpft. Ich war Zeuge, ich habe sie sterben sehen. Daher mein Haß. Vielleicht wäre ich auch so umgekommen, hätten mich nicht die Diener meiner Eltern zu sich genommen, auf dem Land versteckt. Das Vermögen meines Vaters, unsere großen Güter, alles wurde mir genommen, enteignet, konfisziert. Geblieben ist mir nur – gnadenhalber – ein halbzerfallenes Wasserschloß auf dem Land, im Westen von Paris, Chateau Montalembert. Ich weiß kaum, wie ich es erhalten soll. Dort lebe ich mit den altgewordenen Dienern, denen ich mein Leben verdanke, und mit einem Hund. Wovon? Fragen Sie mich nicht, Fürst. Ich spiele. Und wenn man spielt, muß man gewinnen."

Der Fürst nickte. Er wußte das nur zu gut.

Mehr und mehr gewann der Fürst das Vertrauen des Barons. Er lieh ihm Geld zum Spielen, immer mehr Geld. Der Baron verlor es. Bald stand er bei Fürst Iwan in der Kreide.

„Was soll ich tun, Fürst? Ich habe nichts, aber auch gar nichts mehr, ich kann nicht einmal mehr spielen!"

„Sie haben noch Ihr Schloß, Baron!"

„Sie würden es annehmen – gegen meine Schulden?"

„Setzen Sie es ein. Spielen Sie mit mir um Ihr Schloß. Gewinnen

Sie, haben Sie an mich keine Forderung mehr. Gewinne ich... nun, dann gehört mir auch noch Ihr Schloß. Aber dann erlasse ich Ihnen alles andere."

„Das ist ein Wort!" Der Baron war verzweifelt. Er sah keinen anderen Ausweg mehr, wenn er sich nicht erschießen wollte. Immer wieder im Leben kommt man in Situationen, wo man alles wagen muß und alles gewinnen oder alles verlieren kann, dachte er.

Er unterzeichnete einen Schuldschein. Er spielte mit Fürst Iwan. Er war nervös, erregt. Er spielte schlecht. Er verlor alles.

„Nun ist auch mein Leben zu Ende!"

„Sie irren, mein Freund. Ich weiß einen Ausweg..."

„Ich habe nichts mehr einzusetzen!"

„Doch. Sich selbst..."

„Wie meinen Sie das?"

„Ich mache Ihnen ein Angebot. Ich erlasse Ihnen alle Schulden. Sie behalten Ihr Schloß, und Sie bekommen sogar noch Geld von mir, viel Geld, sagen wir: zehntausend Franc, wenn Sie ein Bauernmädchen aus Paris entführen. Bringen Sie das Mädchen – sie heißt Caroline – auf Ihr Wasserschloß. Halten Sie sie dort fest, bis wir sie holen."

„Ein Liebesabenteuer, Fürst?"

„Eine Familienangelegenheit. Es kann Ihnen gleich sein."

„Wer ist sie?"

„Ein freches, unangenehmes Ding. Ein Mädchen aus der Gosse, dem dieser Unsinn von der Gleichheit aller Menschen zu Kopf gestiegen ist. Nun behauptet sie, eine bayerische Prinzessin zu sein. Dadurch macht sie der Fürstin Herta zu Krötzingen-Waldegg Schwierigkeiten. Caroline ist ein Schützling Napoleons, vom niedersten Stande wie er..."

„Gleich und gleich gesellt sich gern", murmelte Baron Louis de Montalembert. „Wenn Napoleon ihre Frechheit unterstützt, bin ich ihr Feind. Zählen Sie auf mich, Fürst Iwan!"

Die beiden Männer gaben sich die Hand. Fürst Borowsnikof berichtete dem Baron alles, was er über Caroline und ihre Freunde wußte.

Baron de Montalembert überlegte. „Ich glaube nicht, daß sich Caroline in Fontainebleau aufhält, im Schloß und bei Alexander Helmbold. Vermutlich verbirgt sie sich in Paris. Ein Mädchen und zwei Männer also, von denen der eine noch nicht ganz erwachsen ist. Ich werde sie finden, Fürst. Ich lasse jede Straße absuchen, sogar die kleinste. Ausländer sind sie – da läßt sich sogar über die Polizei etwas erfahren. Zeigen Sie mir den Beamten, der nicht die Hand aufhält! Habe ich sie erst gefunden, kenne ich auch ihre Gewohnheiten. Kenne ich ihre Gewohnheiten, findet sich auch die Gelegenheit. Und Helfer, die den Mund halten können, sind ebenfalls immer zu haben. So viele man will."

„Ich sehe, Sie fassen es richtig an."

„Und wenn ich das Mädchen habe, Fürst, was dann?"

„Dann reise ich nach München, um mir neue Befehle zu holen. So lange müssen Sie Caroline gefangenhalten. Vielleicht mehrere Wochen."

„Das ist kein Problem. Mein Schloß liegt einsam, meine Diener sind mir ergeben. Ich behalte das Mädchen so lange wie nötig. Und ich übergebe sie Ihnen, wann immer Sie es wünschen. Wann bekomme ich das Geld?"

„Heute gebe ich Ihnen fünftausend Franc für Ihre Auslagen. Wenn Sie Caroline haben, bekommen Sie weitere fünftausend. Und wenn sie mir ausgehändigt wird, erlasse ich Ihnen all Ihre Schulden. Dann gehört Ihr Schloß wieder Ihnen."

„Einverstanden."

Als sie sich trennten, lächelten beide zufrieden.

10

Es war ein bitterkalter Nachmittag. Von den Türmen der Kirchen hatte es fünf Uhr geschlagen. Man schrieb den 24. Januar 1814 – ein Kriegsjahr, eines von vielen, aber vielleicht das entscheidende.

Caroline stand, wie so oft, am Fenster der kleinen Wohnstube. Im Ofen prasselte ein behagliches Feuer. Paul und Franticek saßen am Holztisch und spielten.

„Schach!“ rief Paul und setzte den Läufer.

Franticek lächelte und nahm ihm die Königin.

Paul hieb mit der Faust auf den Tisch. Er ärgerte sich.

Caroline wischte eine Eisblume von der Fensterscheibe. So konnte sie besser auf die Straße hinaussehen, auf die Straße mit ihrem Gewimmel von Wagen, Pferden und Fußgängern. Dazwischen immer wieder die Uniformen der verschiedensten französischen Regimenter.

„Die armen Kerle“, sagte Caroline leise. „Bald müssen sie wieder in die Schlacht.“

In rascher Fahrt ratterte eine schwarze, geschlossene Kutsche heran. Sie hielt direkt vor dem Haus. Das Pferd dampfte.

„Ein Wagen!“ rief Caroline. „Ob er zu uns will?“

Franticek war blaß geworden. „Rasch!“ rief er und packte Caroline am Arm. „Rasch! Ins Nebenzimmer. Versteck dich irgendwo, meinetwegen im Kleiderschrank!“

Er schob Caroline durch die linke Tür ins Schlafzimmer hinüber und schloß hinter ihr ab, dann lief er zu der braunen Kommode und zog die Schublade auf, er nahm seine Pistole heraus.

Unten wurde die Haustür geöffnet. Ein Leutnant der Garde

stürmte die schmale Stiege empor. Er klopfte energisch.

„Herein!" Franticek richtete die Pistole gegen die Tür.

Der Leutnant trat ein. Er war jung, hatte ein blondes Bärtchen und sah wenig gefährlich aus. Er zog einen Brief aus der Uniformtasche. „Ich komme von Monsieur Alexander", erklärte er und reichte Franticek ein versiegeltes Kuvert.

Franticek nahm die Pistole nicht herunter. „Nimm und lies!" forderte er Paul auf.

Das rote Siegel des Kaisers brach. Paul las vor: „Freunde! Ich muß mit dem Kaiser in die Schlacht. Es wird vielleicht die letzte sein. Kommt ins Schloß Fontainebleau, damit wir voneinander Abschied nehmen. Mir bleibt nicht viel Zeit. Ich schicke euch einen jungen Offizier und eine Kutsche."

„Zeig mir die Schrift", forderte Franticek Paul auf, schon halb überzeugt.

Und bald verließen sie das Zimmer. Die Treppe hinab. In die Kutsche. Auf der Tür trug sie ein goldenes *N*, das Zeichen des Kaisers.

An der Straßenecke stand ein Mann in zerlumpten Landstreicherkleidern, ein Mann, der seine Nächte vielleicht unter den Brücken an der Seine verbrachte. Er schaute scheinbar teilnahmslos in die Luft.

Sie fuhren davon, in scharfem Trab über das Pflaster. Der Mann pfiff leise durch die Zähne. Dann ging er.

Und die drei Freunde? Hinaus aus der Stadt. Die Pferde jagten. Sie fuhren lange. Es dunkelte, deshalb sahen sie nichts von den Bäumen und Hügeln, von den Felsen und Lichtungen, sahen keine Hirsche, keine Rehe oder Fasane.

Sie schwiegen. Der junge Leutnant wußte nicht, was er sagen sollte. Franticek dachte: Es könnte doch eine Täuschung, der Brief eine Fälschung sein. Dann sitzen wir in der Falle...

Als sie jedoch die großen Tore des Schlosses passierten, als draußen Soldaten und Reiter in Uniform zu sehen waren, als Fackeln leuchteten, verflogen seine Bedenken.

Die Kutsche hielt vor dem Seitenportal. Ein Lakai mit weißen Strümpfen brachte sie ins Arbeitszimmer Napoleons.

Soldaten auch hier vor den prächtig geschmückten, geschnitzten und vergoldeten Türen. Doch sie wurden erwartet. In dem Raum befanden sich nur wenige Menschen. Der Kaiser lief mit großen Schritten auf und ab und diktierte seinem Schreiber. Hinter ihm, an der Wand, stand Alexander, er nickte ihnen zu. Außer Napoleon war noch seine Gemahlin Marie Louise zugegen, Tochter des österreichischen Kaisers, und ihr Sohn, drei Jahre alt. Der Junge spielte mit Zinnsoldaten auf dem Fußboden und war in eine Gardeuniform gekleidet, er jauchzte und machte „Bum-Bum!" Als Caroline ins Zimmer kam, reckte er ihr seine Ärmchen entgegen.

„Aber mein Liebling…", tadelte ihn die Mutter.

Napoleon wurde aufmerksam, er blickte auf.

„Mein Sohn, der kleine König von Rom, will auf Ihren Arm, Demoiselle, nun, ich kann ihn verstehen! Nehmen Sie ihn, ich erlaube es!"

Caroline bückte sich und nahm den Kleinen hoch, der gleich ihren Hals umfaßte. Marie-Louise, die Kaiserin, wischte sich eine Träne aus dem Augenwinkel.

„Weinen Sie nicht!" sagte der Kaiser zu ihr. „Was fürchten Sie? Ich werde Frankreich befreien, und dann werden wir Frieden haben. Ich werde siegen! Verstehe ich etwa mein Handwerk nicht mehr?"

Er nahm Caroline den Jungen aus dem Arm und reichte ihn der Mutter. »Gehen Sie hinüber, Madame«, bat er, »ich werde gleich folgen. Dann speisen wir zusammen."

Marie-Louise ging mit dem Kind. Napoleon unterbrach sein Diktat, er schickte den Schreiber hinaus. Ohne Übergang drehte er sich wieder Caroline zu, alles war ihm sofort gegenwärtig. „Ich bedauere, daß ich Ihnen nicht helfen konnte, Demoiselle Caroline, es war damals ein schlechter Augenblick und ist es noch. Jetzt könnte Ihnen meine Fürsprache in Bayern nur noch mehr schaden. Aber verzagen Sie nicht. Nach meinem Sieg wird alles anders sein. Dann werde ich dafür sorgen, daß Ihnen Ihr Recht zuteil wird." Er schwieg einen Augenblick. Dann fuhr er fort: „Nur ein Empfehlungsschreiben kann ich Ihnen geben, mein Sekretär wird es Ihnen aushändigen. Wenn Sie in Paris Hilfe brauchen, bei meinen Beamten, bei den Behörden, bei der Polizei, zeigen Sie es. Es wird Ihnen alles erleichtern!" Er gab seinem Sekretär den Befehl, der Sektretär schrieb, Napoleon unterzeichnete, dann noch das Siegel – und der Kaiser reichte ihr das Blatt.

Caroline versank in einen Knicks. Napoleon hob sie auf, faßte sie unter das Kinn, schaute sie nachdenklich an und murmelte: „Ich wünsche mir, daß ich später noch frohen Herzens in Ihre schönen Augen blicken kann, Demoiselle! Nun, nach meinem Sieg werde ich Sie in Ihre Rechte einsetzen, das verspreche ich Ihnen! Beten Sie für mich!"

Dann rief er Alexander zu: „Ich lasse euch jetzt allein, nach dem Mahl sehen wir uns wieder. Noch heute nacht müssen Sie zum preußischen König."

Und genauso schnell, wie er gesprochen hatte, war er zur Tür hinaus.

Jetzt war außer ihnen kein anderer Mensch mehr in dem Raum, der von den Kerzen hell erleuchtet war. Alexander streckte ihnen die Arme entgegen, die rechte Hand faßte Caroline, die linke Paul und Franticek. „Ich wollte euch noch einmal sehen", sagte er, „von euch Abschied nehmen. Niemand weiß, ob er lebend aus diesem letzten Kampf heimkehren wird. Der Kaiser selbst sucht den Tod, ich weiß es. Ich suche ihn nicht, aber er kann mich treffen."

3 9461-8

„Da sei Gott vor“, murmelte Caroline.

Alexander zog Caroline an seine Brust. „Das wünschst du...“, flüsterte er.

„Nichts mehr als das“, antwortete sie leise.

Ihre Augen begegneten sich. Es lag mehr in diesem Blick als nur ein Abschied, mochte er noch so schmerzlich, das Wiedersehen noch so ungewiß sein. Ein warmes Gefühl durchflutete Alexander. Er drückte Caroline sanft an sich. Ganz langsam senkte sich sein Kopf ihren Lippen entgegen.

Doch plötzlich hielt er inne, sein Oberkörper straffte sich. Was tue ich, dachte er, dieses Kind... mir anvertraut, mein Mündel... Und seine Augen gingen über sie hinaus zu Franticek, zu Paul, die beiden rührten sich nicht. Täuschte er sich, oder lag Feindschaft in ihren Augen, Eifersucht?

Rasch zog er Carolines Kopf gegen seine Schulter, hauchte einen Kuß auf ihr Haar, löste sich von ihr.

Das alles hatte nicht länger gedauert als wenige Sekunden, aber sie hatten Alexander nachdenklich gemacht.

Ein Diener trat ein. Alexander wurde zum Kaiser gerufen. „Lebt wohl!“ rief er. „Bleibt in eurer Wohnung. Wenn ich zurückkomme, werde ich euch dort suchen. Solltet ihr fort müssen, hinterlaßt mir eine Nachricht bei Mutter Soleil. Sie wird mich erreichen.“

Der Lakai brachte sie zur Kutsche. Sie rumpelten durch die Nacht, das Schloß blieb hinter ihnen zurück mit seinen Lichtern, mit seiner Pracht.

Jeder hing seinen Gedanken nach – sehr verschiedenartigen Gedanken. Nur einmal murmelte Paul: „Ich bringe ihn um!“

Keiner verstand ihn. „Was hast du gesagt?“ fragte Caroline.

„Ach nichts, gar nichts!“ Und dabei blieb er und verschloß seine Lippen und sein Herz. Nur er konnte wissen, wen er gemeint hatte und ob es ihm ernst gewesen war.

11

Notre-Dame de Paris, die gotische Kathedrale, war vom Gesang der Menschen erfüllt, von ihren Gebeten. Der Raum türmte sich hoch hinauf. Carolines Blick verlor sich im grauen Gewölbe mit seinen Stützen und Strebebögen, unter denen das Licht durch die farbigen Fenster einfiel wie eine himmlische Melodie, die sichtbar geworden ist.

Unten drängten sich die Gläubigen, Frauen und Mütter vor allem. Viele weinten und falteten die Hände. Caroline, Paul und Franticek knieten in einer der hinteren Bänke. Ihr Blick auf die Geistlichen an den Altären war verdeckt von weiten Mänteln, von Hüten und Umhängen, Rücken, gebeugten Nacken und ausgepolsterten Armen.

Als die Messe zu Ende war, das letzte Gebet verklungen, erhoben sich die Andächtigen, drängten aus den Sitzreihen, standen in den Seitengängen beisammen, besprachen die neuesten Nachrichten vom Krieg, vom ersten Sieg des Kaisers Napoleon über den preußischen Marschall Blücher bei Brienne, von seinem Rückzug einige Tage später bei La Rothière und ob man jetzt wohl die Feinde in Paris zu erwarten habe.

Caroline faßte Franticek am Ärmel. „Wartet hier auf mich“, bat sie.

„Ich laß dich nicht gern allein“, antwortete er. „Was willst du?“

„Ich bleibe nicht lange. Ich will nur zur Mutter Maria, zu unserer lieben Frau von Paris… Ich will sie bitten…“ Caroline schwieg verwirrt.

„Worum?“

„Das geht nur mich und die Mutter Gottes an!“

Franticek hörte einen solchen Ernst, eine solche Entschlossenheit aus ihrer Stimme, daß er schwieg. Und auch Paul meinte: „Laß sie, wir sind ja nahe. In der Kirche geschieht ihr bestimmt nichts, unter so vielen Menschen."

Zwei Polizisten in Uniform patrouillierten vorbei, ihre Säbel wippten im Gehänge.

„Also geh!" Franticek nickte. Er blieb mit Paul zurück, während Caroline sich geschmeidig zwischen den Menschen hindurchbewegte.

Die kleine Bank vor der Marienstatue war gerade frei geworden. Caroline kniete nieder. Sie faltete die Hände. Sie legte sie vor ihr Gesicht und schloß die Augen. Franticek sah ihre schmale Gestalt, immer wieder von Vorübergehenden verdeckt, mit Rührung. Er wartete und Paul mit ihm.

Es lag ein Raum von kaum fünfzig Metern zwischen ihnen, und doch war er zu groß...

Caroline betete. Ihre feingeschwungenen Lippen formten Worte, die aus ihrem Herzen kamen: „Mutter Gottes, Maria, Segensreiche", flehte sie, „hilf, daß Alexander heil und gesund aus dem Krieg heimkehrt zu uns, zu mir, halte deine Hände schützend über ihn", und schloß: „Ich bitte dich mit all meiner Liebe und all meinem Glauben und mit all meinem Vertrauen. Im Namen des Vaters und des Sohnes und des Heiligen Geistes. Amen!"

Eine Gruppe dunkler Gestalten näherte sich von hinten. Die Männer waren plötzlich da, so schnell, daß weder Franticek noch Paul es bemerkte. Es war wie eine dunkle Wolke, die vorbeiweht, und wenn sie vorbei ist, ist der Platz unter ihr leer. Caroline...

Eine Hand verschloß ihr den Mund, rechts und links wurde sie an den Armen gepackt und hochgerissen, ein Tuch legte sich über ihren Kopf, schwarzes Leinen, sie sah aus wie eine von hundert Frauen in der Kirche, dunkel wurde es vor ihren Augen, sie konnte nicht schreien, nicht atmen.

Beiseite... zur schmalen Seitenpforte... Draußen spürte sie den Anprall der scharfen, kalten Luft. Man hob sie in einen Wagen, die Tür fiel zu, eine Peitsche knallte, die Kutsche ruckte an, rollte, rumpelte, noch immer wurde sie festgehalten. Doch irgendwo hielt der Wagen, nur ganz kurz, der Druck lockerte sich, Männer sprangen hinaus, schon ging die Fahrt weiter. Jetzt wagte sie sich zu bewegen, das Tuch von den Augen zu ziehen. Ein grau gekleideter junger Mann saß ihr gegenüber, er hielt eine Pistole im Anschlag auf sie gerichtet.

Caroline rief um Hilfe.

„Schreien Sie ruhig", sagte der Mann. „Es hört Sie niemand!" Und wirklich ratterten die Räder viel zu laut, knallten die Hufe auf das Pflaster, und draußen rumpelten andere Wagen.

Caroline wollte aufspringen, den Kutschenschlag öffnen, aus dem Wagen...

„Noch eine Bewegung, und es ist Ihre letzte", drohte ihr Gegenüber. Bedrohlich knackte der Hahn der Waffe.

Caroline lehnte sich im Polster zurück. „Was wollen Sie?" fragte sie keuchend. Doch sie dachte gleich: Was für eine törichte Frage! Sie wußte es ja.

Der Mann schwieg. Sie schaute in die Mündung seiner Pistole.

„Wohin bringen Sie mich?"

„Glauben Sie, ich würde Ihnen das sagen?"

„Nein." Caroline schüttelte den Kopf.

„Dann fragen Sie auch nicht", sagte der Mann. Er hatte eine helle, klare Stimme. Aber wie sehr können Stimmen doch täuschen. Hell und klar – das kann auch kühn und grausam bedeuten.

Was konnte sie tun? Nur abwarten. Bei der ersten besten Gelegenheit versuchen zu entfliehen.

Sie rückte in die Ecke, nahe zur Tür. Der Pistolenlauf folgte ihr. „Das ist sinnlos, Mademoiselle", sagte der Mann.

„Wer hat Sie bezahlt?“

Der Mann schwieg. Vorbeihuschendes Licht flog über sein Gesicht. Das Licht kam jetzt vom Himmel, und der Schatten kam von den Bäumen. Sie hatten die Stadt verlassen.

Caroline dachte: Ich muß mir alles merken, Straßen, Gebäude, Bäume. Aber es war sicher zwecklos; alles sah gleich aus, ein Baum wie der andere.

Der Mann lächelte spöttisch. Er ahnte, was in ihr vorging.

So fuhren sie lange, sehr lange.

„Wer immer Sie hierzu angestiftet hat, er ist ein Verbrecher“, begann Caroline wieder.

Keine Antwort.

„Oder eine Verbrecherin!“

„Schweig, Bauerndirne!“

„Ich bin keine Bäuerin. Ich kann es beweisen! Fragen Sie Ihren Kaiser! Fragen Sie Napoleon. Er weiß es, er hat es gesehen...“

„Erwähnen Sie diesen Mann nicht! Sprechen Sie nicht von dieser Ausgeburt aus Dreck und Feuer!“ Der Mann keuchte. Seine Augen sprühten vor Zorn.

„Sie hassen ihn?“

„Wie niemanden auf der Welt!“

Nun, das ist schon einmal ein Anhaltspunkt, dachte Caroline. Doch ihre Überlegungen wurden jäh unterbrochen. Mit einem Ruck hielt die Kutsche. „Brrr... Verschwinde, Kerl!“

Der Kutscher sprang vom Bock wie ein Vogel mit ausgebreiteten Flügeln, sein Mantel wehte. Er rannte hinter einem wieselflinken Jungen her, der rückwärts vom Wagen purzelte. Doch der Junge war schneller. Der Kutscher schrie: „Er ist die ganze Zeit mit uns gefahren, und ich habe es nicht gemerkt! Er ist uns gefolgt!“

Der Mann riß die Tür auf und zielte. Er zielte auf den rennenden Jungen. Da warf sich Caroline nach vorne, fiel ihm in den Arm. Der Schuß löste sich, ging in die Luft. Der Junge stürzte, kollerte in einen Graben, rappelte sich wieder auf und verschwand in den Feldern.

„Verdammt", keuchte der Mann.

Da versuchte auch Caroline die Flucht. Auf der rechten Seite des Wagens riß sie die Tür auf, fiel auf den Boden. Der Kutscher war noch auf der linken, ihr Entführer abgelenkt, sie jagte auf die Wiese, sie dachte: Wenn ich nur das Gebüsch erreiche, und dahinter das Wäldchen...

Doch der Kutscher war schnell, und der Herr schrie: „Dort, dort, das Mädchen!" Um den Wagen herum und hinter ihr her im Sturmschritt. Er erwischte sie an der Schulter, fiel fast über sie, riß sie zu Boden und schleppte sie zurück, sosehr sie auch kratzte und um sich schlug.

In den Wagen, die Türen geschlossen, weiter im Galopp und die Pistole wieder auf sie gerichtet.

„Versuchen Sie das nicht noch einmal!" drohte der Mann. „Ich treffe jeden Vogel im Flug, jeden Menschen, jeden Arm, jeden Fuß. Sehen Sie!" Er zeigte aus dem Fenster. Da hoppelte ein Hase über das verschneite Feld, ein brauner Punkt nur, schlug Haken. Er zielte, schon peitschte der Schuß. Der Hase überkugelte sich, blieb liegen. Tot. Getroffen.

Der Mann lächelte und lud die Pistole nach.

„Wie gemein!" rief Caroline. „Ein Tier zu töten, nur so zum Spaß, nur, um mir zu beweisen, wie gut Sie schießen!"

„Pah!" machte er. „Das Fräulein ist sentimental? Ein weiches Herz? Merkwürdig. Sie sind es doch gewöhnt, zu schlachten und Gänse auszunehmen."

Sie sah ihn zornig an.

Da schwieg er. Sie fuhren.

„Wo sind wir?" wollte Caroline endlich wissen.

„Ich werde es Ihnen nicht sagen", murmelte er. Und dann sagte er den rätselhaften Satz: „Es ist Zeit!“ Er zog unter seinem Sitz ein geflochtenes Körbchen hervor und nahm eine Weinflasche und ein Glas heraus. Er entkorkte die Flasche und goß den Kelch voll, so gut das in der schaukelnden Kutsche möglich war. „Trinken Sie!“

„Nein!“

„Trinken Sie!“

„Niemals!“

„Glauben Sie, ich will Sie vergiften?“ Er setzte selbst das Glas an die Lippen und nippte daran. „Sehen Sie?“

„Das war zuwenig!“

Er richtete seine Pistole wieder auf sie und drohte: „Trinken Sie, oder ich drücke ab!“

„Das werden Sie nicht tun! Ich bin kein Hase.“

„Trinken Sie, oder, bei Gott, ich schieße! Was fürchten Sie? Warum sollte ich Sie vergiften, wenn ich Sie jederzeit und viel schneller erschießen könnte?“

„Warum soll ich trinken?“

„Sie sollen schlafen. Weiter nichts. Es wird Ihnen nichts geschehen.“ Er stand auf, beugte sich über sie, umfaßte sie mit starkem Arm, beugte ihren Kopf in den Nacken und setzte ihr das Glas an die Lippen.

Sie erkannte, daß Widerstand zwecklos war. Sie wollte ihn nicht zornig machen. Sie sah in seine Augen und erkannte instinktiv, daß sie ihm glauben durfte. Vielleicht konnte sie ihn durch Nachgiebigkeit für sich gewinnen. Sie war auch müde. Es wäre schön, schlafen zu können und alles zu vergessen. So trank sie.

12

Caroline wußte nicht, wie lange sie geschlafen hatte. Als sie erwachte, war es dunkel. Die Kutsche hielt. Ein Hund bellte mit tiefer, dröhnender Stimme. Draußen vor der Kutsche waren Menschen.

Mühsam versuchte sich Caroline zu erinnern, wo sie war, was geschehen war. Sie war allein im Wagen, die Tür stand offen, sie beugte sich hinaus. Draußen waren drei Personen. Der Kutscher war nicht mehr dabei. Vielleicht war es ein Lohnkutscher gewesen, und ihr Entführer war das letzte Stück selber gefahren, deshalb mußte er sie betäuben, der junge, blonde Mann dort. Sie erkannte ihn trotz des spärlichen Lichtes. Dann waren da noch zwei ältere Leute, eine Frau und ein Mann, die verneigten sich vor dem Herrn. Neugierig ließ Caroline ihre Augen weiterwandern, sie war noch sehr müde, aber sie versuchte die Benommenheit zu vertreiben. Merk dir, soviel du kannst, merk dir alles, dachte sie, wer weiß, wann es dir hilft.

Im Hintergrund erhob sich ein Gebäude, ein Schlößchen vielleicht, umgeben von Wasser, ein Wasserschloß also. Wasser lag darum wie ein Ring, spärliches Mondlicht brachte es zum Schimmern, eine Holzbrücke führte zu dem gewölbten Tor. Die Brücke war zu schmal für den Wagen, vielleicht auch nicht tragfähig genug, daher mußten sie hier halten. Ein wenig Schnee lag auf dem Geländer und auf den Bohlen.

„Steigen Sie aus, Demoiselle, wenn Sie schon wach sind!" Der Fremde kam zur Kutsche, faßte sie am Arm und zog sie heraus. Zog er sie wirklich? Oder half er ihr eher? Es war schwer zu sagen.

Sie war froh, aus dem Wagen zu kommen.

Die Luft war kalt. Caroline fröstelte. Der alte, ein wenig gebeugt gehende Mann legte ihr eine Decke über die Schultern.

Vor der Pforte des Schlößchens bellte der Hund immer noch laut und drohend. „Still, Aristoteles!" rief ihr Entführer.

„Aristoteles?" Caroline wagte ein kurzes Lachen. „Aristoteles? Der Hund heißt wie der Philosoph?"

Und unwillig, als habe er versehentlich etwas verraten und ärgere sich nun darüber, herrschte ihr Entführer sie an: „Warum nicht? Was geht Sie das an! Ein Name ist doch wie der andere!"

„Das eben doch nicht", antwortete sie. Und lachte noch einmal.

Er brummte. Dann gingen sie über die Brücke auf die Eingangstür zu. Dort zog der Hund an der Kette.

Der Mann hielt Caroline am Arm fest. Hinter ihr kamen die beiden alten Leute, der Diener und die Frau. Sie trugen das Gepäck des Herrn. So war Caroline festgehalten und eingekreist. An Flucht war nicht zu denken. Und wenn sie auch einige Schritte weit kam, man würde den Hund nach ihr hetzen. Noch kannte er sie nicht. Sie mußte ihn sich zum Freund machen, das war ganz wichtig. Und das würde ihr nicht schwerfallen, das wußte sie. Caroline liebte Tiere. Die Bretter der Brücke unter ihr dröhnten, sie waren glatt und vereist.

Am Portal tobte der Hund. Caroline kauerte sich nieder, gegen den Widerstand der Hand an ihrem Arm. Sie zog ihn mit sich und dachte: So stark bist du auch nicht, daß man dich nicht überraschen könnte – und: Was ich tue, ist leichtsinnig, denn der Hund liegt an der Kette.

Wirklich knurrte das Tier, hob sich zerrend auf den Hinterbeinen und fletschte die Zähne.

„Ruhig, Aristoteles, ganz ruhig", sagte Caroline mit ihrer weichen, warmen Stimme zu ihm, und sie streckte ihm die offene Hand entgegen, etwas tiefer als seine aufgerissene Schnauze, so daß sie nicht von oben kam, keine Bedrohung war.

Und der Hund war ruhig, er ließ sich auf die Vorderpfoten nieder und schnupperte.

„Oh!“ rief die alte Frau, das Mütterchen. „Das Fräulein versteht etwas von Hunden. Sonst schnappt Aristoteles doch nach jedem!“

Der junge Herr erwachte aus seiner Überraschung. „Ach was“, rief er, „Hunde kann jede Landstreicherin behandeln. Los jetzt, ins Haus!“

Er zerrte Caroline hoch.

Im Flur brannte eine Kerze. Geweihe hingen an den Wänden und Bilder von Ahnen.

Sie gingen eine Treppe mit gedrechseltem Säulengeländer hinauf. Der ältere Mann blieb zurück, nur die Frau ging voraus und der Entführer so dicht hinter Caroline, daß sie fast seinen Atem spürte.

Gleich neben der Treppe oben war eine kleine Tür; die Frau öffnete. Caroline kam in ein kleines Zimmer. Auch hier brannte eine Kerze. Der Raum war fast quadratisch, er hatte zwei Fenster, die aber geschlossen waren, genau wie die Vorhänge und, wie Caroline später feststellte, auch die Fensterläden. Sie waren vernagelt.

Zwischen den Fenstern hing ein Gemälde, ein Herr mit weißer Perücke und Schulterband. „Ihr Herr Vater?“ fragte Caroline.

„Ein Verwandter“, antwortete er. „Seine Majestät König Ludwig XVI. Ja, königlich ist unser Blut. Aber das bedeutet Ihnen ja nichts! Man hat ihm den Kopf abgeschlagen, die Hunde, die Sansculotten. Und Napoleon ist ihr Geschöpf.“

Caroline dachte: Schon wieder hast du etwas von dir verraten, ohne es zu wollen. Sie nickte und fragte: „Sie hassen ihn sehr?“

„Ja“, stieß er hervor. „Er ist ein Mörder, ein Menschenschlächter. Und es spricht nicht für Sie, daß Sie sein Schützling sind!“

„Dafür kann ich nichts! Im übrigen: Was wissen Sie von mir?“

„Nichts!“ Er schwieg und schaute sie finster an. Oder wie sollte sie seinen Blick nennen? Vielleicht nur fragend, vielleicht sogar etwas verwundert? Oder doch mindestens neugierig.

Und neugierig war sie auch. „Sagen Sie mir, wie lange ich hierbleiben werde!"

Er antwortete nicht.

Caroline schaute sich im Zimmer um. Es war kein unbehaglicher Raum. Da stand ein Himmelbett mit einem Baldachin, es gab einen Alkoven mit einem Waschgeschirr und anderen Toiletteneinrichtungen. Ein Tisch war da, ein Stuhl, alles aus braunem Holz, fast vornehm, wenn auch alt und reparaturbedürftig. In der Seitenwand war ein großer Kleiderschrank eingelassen; Caroline öffnete die Tür und stieß einen leisen Ruf der Überraschung aus: Der Schrank war gefüllt mit Wäsche und mit Mädchenkleidern der verschiedensten Art – einfache Kittel und Blusen hingen neben prächtigen Ballkleidern aus reiner Seide. „Ist das für mich?" fragte sie atemlos.

Schon war er bei ihr und schlug die Schranktür zu. „Laß das!" herrschte er sie an. „Das ist nichts für dich. Glaubst du Bauernmagd wirklich, ich hätte dir hier die Kleider einer kleinen Prinzessin hingehängt? Du bildest dir viel ein."

Zum erstenmal hatte er sie nicht mehr höflich „Sie" genannt. Mit zornblitzenden Augen stand er vor ihr.

„Aber...", rief sie. „Ich wußte ja nicht..."

„Dann weißt du es jetzt. Der Schrank bleibt zu. Das sind die Kleider meiner Zwillingsschwester. Sie hängen noch so hier wie damals, als sie aus dem Schloß geschleift wurde, in die Gefängnisse, auf die Guillotine."

„Das tut mir leid, sehr leid", sagte Caroline leise. Und wie einem inneren Zwang gehorchend, legte sie ihm die Hand auf den Arm, sehr zart und fast liebevoll. „Wie schrecklich für Sie!"

„Ja, und ich habe zugesehen", murmelte er und wunderte sich: Warum erzähle ich ihr das? Er sah sie an, ihre Blicke trafen sich. Es war nur ein Moment, vielleicht nicht einmal eine Sekunde. Aber er erschrak, war verwirrt, er schlug die Augen zu Boden und ging rasch aus dem Zimmer. Die alte Bedienerin folgte ihm. Die Tür wurde zugeschlossen, der Schlüssel umgedreht.

Caroline ließ sich auf das Bett sinken und faltete die Hände. Sie zwang sich zur Ruhe. Sie dachte: Ich muß überlegen! Ich muß klar denken. Ich muß mich zu erinnern versuchen, damit ich herausfinden kann, wo ich ungefähr bin. Warum fuhr der Kutscher nicht mit zum Schlößchen? Sollte er nicht wissen, wo es lag? Was war mit dem Jungen, der hinten vom Gepäckträger gesprungen war? Kann ich an ihn eine Hoffnung knüpfen?

Sie versuchte sich jede Einzelheit des Schlößchens einzuprägen, seine Bilder, die Andeutungen, die ihr Entführer gemacht hatte. Sie sagte sich, daß sie auf alles achtgeben mußte, wenn sie fliehen wollte: ob die Treppen knarrten, wie die Türen geschlossen wurden. Und sie mußte unbedingt einen Blick aus den Fenstern werfen, mochten die Läden vernagelt sein oder nicht. Vielleicht hatten die Bretter Ritzen. Morgen, am Tag, mußte es ihr gelingen. Und sie mußte versuchen, an Geld zu kommen, und wenn sie es irgendwo stehlen mußte. Da man sie gegen ihren Willen festhielt, ihr die Freiheit raubte, brauchte auch sie keine Skrupel zu haben. Mit Geld konnte sie vielleicht die alte Frau bestechen, damit sie eine Nachricht aus dem Schlößchen brachte, irgendwie zu Franticek, zu „Mynheer Kamlag“, nach Paris.

Caroline lauschte hinab ins Haus. Da kamen Schritte über die Treppe. Die Stufen ächzten und stöhnten. Der Schlüssel wurde umgedrehte, die Tür geöffnet. Die alte Frau kam herein, sie trug ein Tablett, darauf ein Teller und eine Suppenschüssel.

„Dein Abendbrot“, murmelte sie und deckte den kleinen Tisch. Sie hatte etwas Mitleidiges in ihrem Blick, diese alte Frau. Ihr Gesicht war freundlich. Vor ihr brauchte sich Caroline nicht zu fürchten.

„Wie heißen Sie?"

„Sag nur Madame zu mir!"

Also soll sie mir ihren Namen nicht verraten, dachte Caroline. Und fragte weiter: „Wie lange bleibe ich hier?"

„Das weiß ich nicht!" Die Frau ging rasch wieder und schloß von außen ab. Sie rief durch die Tür: „Wenn du etwas brauchst, kannst du klopfen." Ihre Schritte tappten die Treppe hinab.

Caroline war wieder allein. Die Suppe war gut und kräftig. Doch Caroline hatte keinen Hunger. Sie fröstelte. Es war kalt. Das Schlößchen ließ sich schlecht heizen. Und es war dunkel, die Kerze war nicht sehr hell. Dunkel würde es auch morgen sein, wenn die Läden geschlossen blieben, und alle Tage. Dann kam kaum Licht durch die vernagelten Fenster.

Es wurde ihr schmerzlich bewußt, daß sie eine Gefangene war. Ausgeliefert auf Gedeih und Verderb. Wem? Und wozu? Was erwartete sie nun?

Sie ahnte natürlich, wer hinter allem stand. Und ein Schauder zog ihr Herz zusammen. Ihre ganze Hoffnung waren Franticek und Paul, war Alexander. Aber konnten die drei sie jemals hier finden?

13

Alexander ahnte nichts von Carolines Unglück. Er zog mit seinem Kaiser über die vereisten Felder Frankreichs. Schnee staubte von den Bäumen, der Himmel war grau und frostig.

Ein Weltreich stand auf dem Spiel, das eigentlich schon längst zerbrochen war. Tausende junger Männer fielen. Da zählte das Schicksal eines Mädchens nichts.

Franticek und Paul hatten in der Kathedrale von Notre-Dame

de Paris auf Caroline gewartet. Sie sahen das Mädchen niederknien in ihrem langen, grauen Mantel vor dem Standbild der Mutter Maria. Sie neigte ihr Haupt. So anmutig war dieses Bild: Die Haare fielen über ihre Stirn und verdeckten das Gesicht. Die Hände hielt sie gefaltet.

Paul legte seine Hand auf sein Herz: wie es klopfte! Er dachte an Alexanders Blick beim Abschied in Schloß Fontainebleau, und er kniff die Lippen zusammen. Er spürte die Gefahr, in der sie sich alle befanden, er, Alexander und vielleicht sogar Franticek, wenn er es auch noch nicht ausdrücken konnte. Es darf doch nicht sein, dachte er, Herrgott, es darf doch nicht sein, daß wir drei einmal zu Feinden werden – ihretwegen!

Er schloß die Augen.

Als er sie wieder öffnete, hatte sich die Welt verändert, und Paul vergaß, was er gedacht hatte, vergaß es für lange, lange Zeit.

Menschen waren vor ihnen auf und ab gegangen, breite Schultern, hohe Hüte, Zylinder, Zweispitze, Uniformen, Federbüsche. Eine Gruppe schwarzgekleideter Männer, Burschen. Sie kamen rasch, nahmen allen den Blick, verschwanden wieder durch die Seitenpforte. Wie viele waren es? Vielleicht vier oder fünf?

Der Platz vor der Marienstatue war plötzlich leer. Da war kein kniendes Mädchen – nichts.

Franticek packte Pauls Arm, preßte ihn. Sie rannten nach vorn, zum Altar.

Fremde Menschen.

„Sie wird uns suchen!“

„Warum denn, sie weiß doch, wo wir waren!“

„Vielleicht, weil wir weggegangen sind...“

Sie fragten viele Leute. Alle zuckten die Achseln. Manche schauten nur hochmütig, antworteten gar nicht, fühlten sich belästigt. Franticeks Erregung wuchs. Immer ahnte er Schlimmes.

Gewiß, alles konnte ganz harmlos sein, konnte sich aufklären, dann lachte man darüber.

Wenn aber nicht…

Sie rannten durch die Kirche, trennten sich, durchforschten die Seitenschiffe, den Chor, die Vorhalle – nichts. Sie warteten, bis sich die Kirche geleert hatte.

Hinaus zu den Türen. Sie fragten die Kutscher, Kinder auf der Straße – nichts.

Wie viele Kutschen aber waren inzwischen schon weggefahren? Es war ja viel Zeit vergangen, zu viel Zeit. Und wer etwas gesehen hatte, mochte vielleicht nichts sagen, aus Angst vor Unannehmlichkeiten. Keiner ist gern bei der Polizei. In diesen Zeiten sowieso nicht. Es wimmelte ja von Spionen und Agenten in der Stadt.

„Die schwarzen Männer…“, flüsterte Franticek tonlos. „Wie schnell sie kamen, wie schnell sie wieder verschwanden!“

„Ja“, antwortete Paul. „Trotzdem… vielleicht irren wir uns. So viele Frauen und Männer waren in der Kirche. Tausende. Und viele trugen schwarze Mäntel. Paris wimmelt geradezu von schwarzen Mänteln.“

„Was gäbe es sonst für eine Erklärung?“

„Daß Caroline uns nicht gefunden hat, während wir nach ihr suchten, daß wir aneinander vorbeiliefen – blödsinnig genug – und daß sie schließlich allein nach Hause gegangen ist mit dem richtigen Gedanken, wir würden schon nachkommen und uns dort treffen.“

„Vielleicht. Es ist unsere letzte Hoffnung. Hier können wir doch nichts mehr ausrichten. Gehen wir also. Schnell!“

Sie gingen nicht nur, sie rannten. Sie rempelten die Leute auf den Straßen an, entschuldigten sich kaum im Vorübereilen.

Schon an der Haustür fragten sie ihre Wirtin: „Ist das Fräulein zurück?“

Sie schüttelte den Kopf.

Die Treppe empor, den Schlüssel in die Tür – ja, die Tür war abgeschlossen. Und die Wohnung war leer.

Durch alle Zimmer: „Caroline! Caroline! Kind! Bitte, mach keine Scherze!“

Keine Antwort. Paul riß sogar die Schränke auf und schaute hinter die Kleider. Hätte er sie nun dort gefunden, lachend über ihren gelungenen Streich, wer weiß, ob er sich nicht vergessen, sie nicht geschlagen hätte, in seiner Erregung aus tödlicher Angst.

Franticek ließ sich am Tisch auf einem Stuhl niedersinken und vergrub den Kopf in die Hände. „Sie ist fort!“ stöhnte er. „Entführt! Vielleicht schon tot!“

„Und ich bin schuld!“ Paul riß sich an den Haaren. „Ich bin schuld!“

„Wie kommst du denn darauf?“

„Ja, ich hab doch gesagt, du sollst sie gehen lassen... allein... zum Gebet!“

„Ach, Junge“, antwortete Franticek leise. „Ach, Junge, was nützen uns jetzt solche Beschuldigungen. Ich hätte doch aufpassen müssen. Ich bin für sie verantwortlich. Was wird Alexander sagen!“

Da begehrte Paul auf: „Alexander! Alexander! Er ist weit weg, bei seinem Napoleon. Er hat sie, er hat uns verlassen. Was kümmert uns jetzt Alexander! Um Caroline geht es, nur um sie!“

Erstaunt sah Franticek Paul an. Es lag ein solcher Ton in seiner Stimme, ein solcher Ton... sonderbar...

Aber auch das bedeutete jetzt nichts. Und wenn das Schicksal das Schlimmste für sie bereithielt, dann bedeutete es nie mehr etwas.

Paul sagte: „Wir sollten uns nichts vormachen. Es hat keinen Zweck, auf Caroline zu warten.“

Franticek nickte. „Du hast recht. Es ist, wie es ist. Wir müssen

4 9461-8

sie finden und sie befreien, koste es, was es wolle."

„Aber wie?"

„Wir haben vielleicht einen Vorteil. Wir sind in Frankreich und nicht in Bayern oder Österreich. Caroline ist ein Schützling des Kaisers. Hier muß uns die Polizei helfen."

„Die Polizei?"

„Weißt du etwas Besseres?"

„Uns selbst!"

„Das ist wahr. Aber auch der Weg zur Polizei ist nur ein Weg unter vielen. Wir dürfen nichts unversucht lassen..."

„Also gehen wir. Noch ist es nicht Abend."

„Zum Polizeipräfekten!"

Sie stürmten aus dem Haus.

Das Schreiben des Kaisers öffnete ihnen alle Türen. Der Präfekt ließ sie eintreten, wenn er auch gleich erklärte, daß er in Eile sei. Franticek trug ihre Sache vor. Er erzählte von der Entführung in der Kathedrale Notre-Dame.

„Aber wer, Monsieur, wer sollte ein Interesse daran haben, die junge Dame zu entführen?" Der Polizeipräfekt drehte den Brief Napoleons in den Händen.

„Eine bayerische Fürstin, eine Feindin", erklärte Franticek.

„Ah, Bayern... eine bayerische Fürstin... le Roi de la Bavière... der König von Bayern..." Es war, als ob das Gesicht des Polizeipräfekten zu einer undurchdringlichen Maske würde. Sein Mund wurde zu einem Strich, seine Augen schmal. Er reichte Franticek das Schreiben Napoleons über den mit Akten bedeckten Schreibtisch zurück. „Monsieur", sagte er. „Der König von Bayern wird vielleicht bald in Paris sein, mit dem Zaren von Rußland, mit dem Kaiser von Österreich, mit den Königen von England und Preußen. Wer weiß es. Wenn er es war, der das junge Mädchen entführen ließ... ah, bah! Was für ein unmögliches Wort! Wenn er es war, der das junge Mädchen zu sich bringen ließ, so können Sie sich nun bald an ihn selbst wenden. Was vermögen wir da noch zu tun?"

Franticek brauste auf: „Herr Präfekt, gilt Ihnen das Wort Ihres Kaisers nichts mehr?"

Der Präfekt hob beide Hände. Das konnte alles und nichts bedeuten. „Aber gewiß doch!" beteuerte er. „Ich wollte Ihnen nur sagen, daß Sie ganz beruhigt sein können. Sie haben doch eine doppelte Chance, alles aufzuklären. Die französische Polizei wird ihr Bestes tun! Verlassen Sie sich auf mich. Sie haben mir das Mädchen genau beschrieben, den Ort und die Zeit und die Umstände der Entführung. Wir werden suchen. Aber, sehen Sie, dies sind unruhige Zeiten. Wer weiß, was morgen sein wird. Und wenn in Paris neue Herren regieren, dann, Monsieur, müssen Sie sich an diese wenden. Und, ich meine, vielleicht sind Sie dann sogar an der rechten Adresse!"

„Ich verstehe", murmelte Franticek.

Sie waren entlassen.

Vor der Tür, in der großen Marmorhalle des Treppenaufgangs, sagte Paul leise: „Den Weg hätten wir uns ersparen können."

Franticek nickte. „Noch niemals habe ich so deutlich gespürt, daß Napoleon am Ende seiner Macht ist. Sein Name vermag nichts mehr. Im Gegenteil, vielleicht schadet er jetzt sogar."

„Wie meinst du das?"

„Sehr einfach, wenn man sich bei den neuen Machthabern beliebt machen will, in unserem Fall beim König von Bayern oder auch nur bei einer bayerischen Fürstin, wird man nichts, aber auch gar nichts unternehmen."

„Vielleicht sogar den anderen helfen und uns behindern?"

„Auch das ist möglich!" Franticek nickte sorgenvoll. „Zum ersten Male weiß ich nicht, ob ich mir Napoleons Niederlage wünschen soll!"

„Das wußtest du vor der Schlacht bei Leipzig auch nicht!"

„Du hast recht. Aber heute ist Carolines Schicksal offenbar noch viel enger mit Napoleons Sieg oder Niederlage verbunden.“ Er dachte eine Weile nach, während er schnell ausschritt. Dann legte er Paul die Hand auf die Schulter. „Vielleicht hat dieser Besuch beim Polizeipräfekten doch sein Gutes gehabt! Wir wissen nun, daß wir auf keine fremde Hilfe rechnen können. Das erspart uns Umwege. Das macht uns den Weg frei zu ungehindertem, energischem Handeln – ohne jede Rücksicht!“

„Das ist auch mehr nach meinem Geschmack!“ rief Paul.

Sie rannten durch die kalten Straßen, schlugen die Mantelkrägen hoch.

14

Vor ihrer Wohnung erwartete sie die Hauswirtin im Treppenaufgang. „Ein kleines Mädchen war da, ein zerlumptes Kind.“

„Meine Tochter Carlotta?“ fragte Franticek – als Mynheer Kamlag.

„Ach was, ist sie ein kleines Mädchen und noch dazu ein zerlumptes?“

„Wer dann?“

„Ich kenne sie nicht. Sie war ziemlich schmuddelig, die Kleider zerrissen. Sogar die Schuhe. Ich habe ihr eine Münze gegeben“, sagte die Frau und hielt die Hand auf.

„Aber was wollte sie?“

„Sie sollen zu Mère Soleil kommen, zur Wäscherei, und gleich!“

Franticek schlug sich gegen die Stirn. „Natürlich! Mère Soleil, daß wir nicht schon viel früher an sie gedacht haben. Los, Junge, gleich kehren wir um!“

„Ja“, rief Paul. „Wenn uns ein Mensch helfen kann, dann sie!“

Sie stürmten die Treppe hinab. „Mein Geld!“ rief die Hauswirtin hinter ihnen her.

Es war schon spät. Der Mond stand fahl und geisterhaft über den Hausgiebeln. Droschken rumpelten über das Pflaster, irgendwo zankten sich fauchend zwei Katzen. Und vor ihren Stiefeln huschte eine Ratte davon.

Doch das alles nahmen die beiden nicht wahr, sie stürmten nur voran. Ihre Schritte hallten. Und ihre Schatten wanderten unter den schwankenden Laternen zuerst hinter ihnen her, krochen dann unter ihnen durch und wuchsen schließlich vor ihnen ins Riesenhafte.

Sie liefen durch mehrere Gassen, um viele Winkel, es wurde immer dunkler, die Gegend immer schmutziger, ärmlicher. Oft mußten sie nach dem Weg fragen. Aber endlich standen sie doch vor dem Haus, aus dessen Eingang schwerer Wasserdampf in den kalten Abend hinausquoll. Die dicke Holztür stand offen. Sie traten über die Schwelle und standen gleich auf feuchtem Steinfußboden in Wasserlachen – in Seifenlauge, auf der Schaumperlen schwammen. Irgendwo brannten Feuer; von hinten kam ein rötliches Licht aus dem Ofen, auch leuchteten irgendwo Lampen und verbreiteten einen weißlichen Schimmer, aber es war in dem künstlichen Nebel kaum etwas zu sehen. Nur Stimmengewirr und Geschrei, Klatschen nasser Wäschestücke auf Steine, Reiben und Bürsten.

Endlich kam eine junge Frau mit schief hängender Schürze und feuchten Haaren, deren Gesicht von Wassertropfen bedeckt war. „Ah, Sie bringen Wäsche, meine Herren, geben Sie sie her, bei Mère Soleil wird alles ordentlich und schnell gewaschen."

„Sind Sie Mère Soleil?"

„Was denken Sie! Das wäre ich gern..."

„Wir möchten sie sprechen!"

„Keine Wäsche?"

„Heute nicht. Es eilt. Bitte, wir müssen zu Mère Soleil!"

Die junge Frau schien verärgert – also kein Geschäft. Oder vielleicht ein viel besseres, als es mit Waschen zu machen war? Sie schrie: „He! Mère Soleil... Mère Soleil... Du wirst verlangt!"

Eine dröhnende Stimme von hinten aus dem wabernden Dampf: „Ich komme gleich!"

Die junge Frau entfernte sich, verschwand. Dann tauchte die Gebieterin über diese Waschküche, über diese Wäscherei, aus dem Nebel auf. Eine stämmige Gestalt mit dicken, nackten Oberarmen, einem mächtigen Busen und ebenso mächtigem Hals, an dem die Haut in Falten herumhing. Sie trug eine graue Kittelschürze, schlurfte in Holzpantinen näher und fragte: „Was wünschen Sie?" während sie sich die Hände an ihrem Rock abtrocknete.

„Sie haben nach uns geschickt, Madame?" fragte Franticek und sprudelte gleich all seine Sorgen heraus.

Mère Soleil nickte. „Ich weiß, ich weiß. Er ist eben gekommen!"

„Wer ist gekommen?"

„Nun, Gaston! Folgen Sie mir!" Mère Soleil ging ohne weiteres voraus, ihre großen Holzschuhe gaben schleifende und klopfende Geräusche von sich, während Paul und Franticek auf Zehenspitzen durch die Wasserlachen tappten.

Sie kamen an einer Reihe von Waschbottichen vorbei, die nebeneinander aufgestellt waren, an denen Mädchen und Frauen geschickt schrubbten. Dann eine Reihe von Kochkesseln, an der Wand nebeneinander, in denen die Wäsche im Schaum blubberte und aus deren Öffnungen unten der rote Feuerschein auf die Wasserlachen strahlte.

An all dem eilte Mère Soleil vorbei, öffnete die Tür zu einem Hinterhof, in dem die Wäsche an langen, durchängenden Leinen zum Trocknen aufgereiht war, dunkel zu ahnen in der hereingebrochenen Nacht – an der Hauswand entlang, teils unter feuchten

Bettlaken hindurch, so daß sie sich bücken mußten.

Endlich noch eine Tür, dahinter ein kleiner Raum, matt erhellt von einer Kerze, ein rotes Sofa an der Wand, ein Tisch in der Mitte, einige Stühle daneben, das war alles.

Nein: Auf dem Sofa hockte ein ganz kleiner, schmutziger Junge mit angezogenen Knien und löffelte Brei aus einem Blechnapf.

„Da ist er!“ rief Mutter Soleil.

„Wer?“ riefen Franticek und Paul wie aus einem Mund.

„Na, Gaston“, erklärte Mère Soleil und zeigte auf das Kind. „Steh auf, Junge, und mach einen Diener, wenn anständige Herrschaften hereinkommen!“

Rasch erhob sich der Kleine. Er reichte Mère Soleil nicht einmal bis zur Hüfte. Seine Haare hingen ihm wirr über die Ohren und in den Nacken, sie waren von unbeschreiblicher Farbe, wahrscheinlich starrten sie vor Dreck. Er trug einen schlammbraunen Hosenanzug und aufgerissene Schuhe. Neben seinem Platz, auf dem Fußboden, lag ein schwarzer Wollmantel.

Der Junge verneigte sich ungeschickt.

„Setz dich wieder und iß weiter“, forderte ihn Mère Soleil mit einer knurrigen Freundlichkeit auf. Der Junge, Gaston also, ließ sich das nicht zweimal sagen, er kroch auf das Sofa, zog die Beine hoch, steckte den Holzlöffel in den Napf, aß und schmatzte.

Mère Soleil wies auch ihren beiden Besuchern Stühle an und ließ sich selbst am Tisch nieder; sie zog die Kerze näher heran. Dann stützte sie die breiten Arme auf die Platte und rief: „Ich hätte Gaston selbst zu Ihnen geschickt! Aber er muß sich ausruhen!“

„Bitte, reden Sie!“

„Natürlich rede ich! Monsieur Alexander hat mich gebeten, auf Sie achtzugeben...“ Sie machte die Bewegung des Geldzählens. „Sie sind in Gefahr. Vor allem das hübsche, junge Mädchen...“

„Caroline“, half ihr Franticek. Er faßte über den Tisch nach ihrem Arm. „Was ist mit Caroline?“

Mère Soleil tätschelte Franticeks Hand freundlich. „Gaston ist Ihnen all die Tage gefolgt, hat Sie kaum aus den Augen gelassen. Wenn eine Kutsche kam und Sie abholte, Gaston war dabei. Im Schloß Fontainebleau war er – und wieder zurück. Die Pariser Gassenjungen verstehen es, unbemerkt hinten auf den Kutschen zu hängen. Nun, in der Kirche war er heute auch, in Notre-Dame."

Franticek und Paul hingen förmlich an ihren Lippen.

„Gaston soll das erzählen", rief sie und deutete mit dem Daumen auf ihn.

Und der Kleine kaute, er redete mit vollem Mund und spuckte dazu den Brei auf den Boden. Empört schleuderte er Wortfetzen heraus: „Heruntergeschlagen hat er mich, der Kutscher, der Saukerl, und rennen mußte ich übers vereiste Feld, hinter mir her haben sie geschossen, aber getroffen haben sie nicht, bin hinter die Büsche und davon..."

Auf diese Weise kam nach und nach die ganze Geschichte heraus, daß Gaston in Notre-Dame gewesen war, in der Kirche, daß er Caroline hatte beten sehen, daß er miterlebt hatte, wie fünf schwarzgekleidete Männer mit tief in die Stirn gezogenen Hüten sich ihr näherten, sie fortzogen, ganz schnell, durch die Seitentür der Kirche hinaus und dann in eine Kutsche, die draußen wartete.

„Drauf bin ich, wie ein Wiesel, hab mich zuerst unter die Federn gehängt in der Stadt, aber später bin ich herausgekrochen. Es war bitter kalt, aber ich hab's ausgehalten. Bin lange mitgefahren, wollte doch sehen, wo sie das Fräulein hinbrachten, er muß aber irgendwie einen Verdacht geschöpft haben, der Kutscher, kann's mir sonst nicht erklären, wieso er mit seiner Peitsche plötzlich hinter sich geschlagen hat und mich traf... er ist auch abgesprungen, so daß ich auch fortmußte und davonlaufen. Tot gemacht hätten sie mich gewiß..."

Franticek sprang auf, er umarmte den Buben. „Danke, danke!"
„Also, du weißt nun auch nicht, wo Caroline ist?" fragte Paul.
„Weiß nicht, wo sie ist", brummte Gaston. „Ich wüßte es gern."
„Aber du weißt wenigstens, in welche Richtung sie gebracht wurde!" rief Mère Soleil.
„Nach Westen, immer nach Westen."
„Wohl in die Richtung zur Loire", vermutete Mère Soleil. „Dort stehen die meisten Schlösser der Adligen."
„Aber warum dorthin und nicht nach Osten, nicht zum Rhein?" überlegte Franticek.
„Irgendwann werden wir es erfahren", tröstete ihn Mère Soleil. „Wir werden erfahren, wo Ihre Caroline ist!"
„Wann?"
„Vielleicht morgen, vielleicht übermorgen? Mère Soleil hat Freunde, überall, bei den Bettlern, bei den Dienern, bei den Mägden, bei den Dieben."
„Ja ja", rief Paul, „aber es muß schnell, sehr schnell gehen! Carolines Leben ist in Gefahr!"
Mère Soleil sah Paul streng an. „Schneller als Mère Soleil kann Ihnen niemand helfen! Gehen Sie jetzt heim und warten Sie..."
„Wir sollen warten, einfach warten? Das können wir nicht!"
„Sie müssen es. Leicht können Sie alles verderben. Vielleicht werden Sie beobachtet. Ihre Sache ist bei Mère Soleil in den besten Händen. Das bin ich schon Monsieur Alexander schuldig. Er hat mir Caroline, Ihre kleine Schönheit, ans Herz gelegt!"
Schon wieder Alexander, dachte Paul. Und gleichzeitig schämte er sich. Was ist nur mit mir? fuhr es ihm durch den Kopf.
Als sie Mère Soleil verlassen hatten, als sie heimwanderten durch die dunkle Stadt, unter matt erleuchteten Fenstern, faßte Franticek Pauls Hand und sagte: „Ich bin nun doch froh, bei aller Sorge. Wenigstens wissen wir jetzt etwas. Und: Wir haben eine

mächtige Verbündete. Wie gut, daß Alexander Mère Soleil für uns gewonnen hat."

Ja, dachte Paul, ja, aber muß ich ihm deshalb dankbar sein? Er wußte, daß er es war. Nur – er mußte es ja nicht immer bleiben!

15

Am Morgen, der auf den Tag folgte, an dem er Caroline entführt hatte, ritt Baron Louis de Montalembert nach Paris. Dort nahm er noch einmal fünftausend Franc aus der Hand Fürst Iwans entgegen. Der Fürst war zufrieden. Er dankte dem Baron überschwenglich, auf russische Art, mit einem Festgelage.

Eine Nacht und einen Tag schliefen sie ihren Rausch aus. Dann trennten sie sich – vorläufig. Der Fürst machte sich auf den Weg nach Bayern. Der Baron ritt zurück nach Schloß Montalembert.

Und wie sich die beiden Männer auf verschiedenen Straßen voneinander entfernten – der Fürst nach Osten und über den Rhein, der Baron nach Westen in Richtung zur Loire –, entfernten sie sich auch innerlich voneinander, ohne es schon zu wissen.

Der Baron war heiter. Viel Geld hatte er bekommen. Bald war er schuldenfrei, sein Schloß gerettet. Und wie es in solchen Fällen geht, wenn eine Gefahr glücklich überstanden ist, so ging es auch dem Baron. Er beschloß, ein neues Leben zu beginnen, in Zukunft keinen Fuß mehr in einen Spielsalon zu setzen und keine Karte mehr anzurühren.

Er fühlte sich frei und leicht. Er hatte seine Aufgabe erfüllt. Ein Meisterstück hatte er geleistet, als er das Mädchen entführte. Was jetzt noch zu tun war, sie festhalten, war dagegen ein Kinderspiel. Bei ihm fand sie niemand. Seine Diener, der alte Jacques und die alte Madeleine, waren ihm treu ergeben. Ihnen konnte er bedenkenlos sein Leben anvertrauen. Und sie brauchten auch weiter nichts zu wissen. Eine Ausländerin war sie, diese Caroline, die von zu Hause fortgelaufen war und wieder zu ihren Eltern gebracht werden sollte, sobald der Krieg beendet war. So lange mußte sie bei ihm bleiben, auf dem Schloß.

Ja, so hatte er es ihnen erklärt. Und daß die Kleine das Blaue vom Himmel herablog. Sie erzählte die wildesten Geschichten: daß man ihr nach dem Leben trachtete, weil sie eigentlich eine Prinzessin sei. Was für eine Phantasie sie hatte!

Verteufelt nett sah sie eigentlich aus. Geradezu hübsch. Und klein war sie wahrhaftig auch nicht mehr. Er hatte schon Lust, sie sich ein bißchen näher anzusehen. Es wäre doch gelacht, dachte er, wenn sie mir nicht schließlich doch die Wahrheit erzählte. Jedenfalls mußte er sie selbst bewachen. Immer. Die Kleine war zu wertvoll. Jacques und Madeleine waren vielleicht schon zu alt, die beiden überlistete sie womöglich und entfloh. Das wäre schlimm, das Schloß schließlich doch noch verloren.

Ja, er wollte sie nicht mehr allein lassen. Er lachte leise. Sie konnte ihm ja auch von sich erzählen, ihre phantasievollen Geschichten von ihrem Landstreicherleben. Ihn würde es amüsieren. Das Leben auf Schloß Montalembert war doch sehr langweilig und einsam im Winter. Mochte Caroline ihm also Gesellschaft leisten, wenn er schon das Dach mit ihr teilen mußte.

Er gab seinem Pferd die Sporen. Er war ein guter Reiter. Die Zukunft lag wieder hell vor ihm. Napoleons Herrschaft war vorbei. Bekam Frankreich einen neuen König, was der Baron sehnlichst wünschte, dann hatte er Ansprüche. Dann brauchte er nicht mehr im Schatten zu leben. Dann wurden Männer gebraucht, die immer auf der richtigen Seite gestanden hatten.

16

Auch Fürst Iwan Borowsnikof war zu Pferd unterwegs. Doch ritt er in Feindesland. Die militärische Lage war täglich anders und immer unübersichtlich. Als er Paris verließ, waren die Zeitungen voll von Aufrufen Napoleons an seine Landsleute: *Haltet durch! Wir werden siegen! Das Genie des Kaisers wird die Feinde vertreiben!*

Der Fürst wußte, daß sein Ritt gefährlich war. Er war Russe. Man konnte ihn für einen Spion halten. Er beeilte sich. Er ritt bei Wind und Regen, die Tropfen rannen ihm in den Kragen. Er war durchnäßt bis auf die Haut. Als er den Rhein überschritt, dachte er, daß er das Schlimmste hinter sich habe. Doch es wurde erst richtig schlimm. Schon in Straßburg fühlte er sich matt. In Kehl fieberte er. In Offenburg fiel er vom Pferd. Man brachte ihn in einen Gasthof, schickte nach einem Arzt. Der fand, die Lunge sei angegriffen. Der Fürst schwebte zwischen Tod und Leben. Da er Geld hatte, wurde er gut versorgt.

Mehr als einen Monat lag er zu Bett.

Nach sechs Wochen konnte er wieder reiten.

Endlich stand er vor Herta. Da war es kein Winter mehr. Bald kam der Frühling, überall, in Bayern, in Waldegg wie anderswo.

Herta empfing ihn im Schloß, aber in aller Heimlichkeit. Bei Dunkelheit ließ sie ihn ein.

„Sie sind blaß, Fürst!“

Er erzählte von seiner Krankheit. „Doch jetzt geht es mir gut! Weil ich Sie sehe, Fürstin. Und das Mädchen ist unser! Befehlen Sie!“

„Ich habe mich nicht in Ihnen getäuscht“, antwortete sie. „Sie wissen, daß ich Caroline weit fort wünsche, weiter als Menschen sich vorstellen können."

„Also keine einsame Insel, Fürstin? Denn einsame Inseln können wir uns vorstellen. Nur der Tod liegt außerhalb unserer Vorstellungskraft."

„Sie handeln nicht nur, Sie können auch denken, Fürst Iwan."

„Ja", sagte er. „Und vielleicht noch weiter, als Sie es mir zutrauen!"

„Reden Sie!"

„Wie Sie befehlen. Ihr Gemahl, Fürstin, ist kränklich. Und er ist, ich sage es frei heraus, nicht der richtige Gatte für Sie. Sie sind kühn und klug. Und wunderschön. Doch das nur nebenbei. Ihr Mann braucht nicht ebenso schön zu sein. Aber an Mut und Entschlußkraft sollte er Ihnen gleichen."

„Ich gestehe, Ihre Gedanken sind mehr als kühn, Fürst Iwan! Sie denken an sich..."

„Ich will Ihnen nur sagen: Sie können mir so vertrauen, als ob mein Leben und Ihr Leben eins wären!"

„Sie machen sich Hoffnungen..."

„Solange ich sie mir mache, so lange gehe ich für Sie durchs Feuer, Herta!" Er redete sie mit ihrem Vornamen an, und sie verbot es ihm nicht.

„Ich sehe, wir sind uns ähnlich", antwortete sie. „Mehr sage ich heute nicht."

„Ich will zufrieden sein, wenn Sie mir einen neuen Beweis Ihres Vertrauens geben. Den größten, der möglich ist."

„Gut! Also handeln Sie, wie Sie es für richtig halten. Und bedenken Sie: Ich will Caroline nie wiedersehen. Nie wieder etwas von ihr hören, nie wieder, Fürst Iwan, was immer auch geschieht. Sie soll so vollkommen aus meinem Leben verschwinden, als hätte sie nie gelebt!"

„Dann gibt es nur das eine..."

Herta sah ihn voll an. „Es ist nicht gut, es auszusprechen.“
„Die Reise in jenes Land ist kurz! Die Grenze ist nur ein Hügel Erde!“
Sie hob ihre Hand mit dem ausgestreckten Zeige- und Mittelfinger. Sie legte sie ihm auf die Lippen und verschloß sie mit dieser Bewegung, die man auch anders verstehen konnte.
Und er faßte ihre Hand am Gelenk, hielt sie fest und hauchte einen Kuß auf ihre Fingerspitzen. Sie ließ es geschehen, doch nur für einen Moment. Dann entzog sie sich ihm, sagte: „Fürst, dafür ist es noch zu früh!“
Aber er lächelte mit seinem einen Auge, das nicht von der weißen Binde bedeckt war.
Danach regelten sie nur noch sachliche Dinge. Noch einmal gab Herta ihm eine große Summe.
Als er sie verließ, war er nicht nur an Geld, er war vor allem um eine große Hoffnung reicher. Und Herta dachte: Wie ganz anders lebte ich heute, wäre Fürst Iwan damals an meiner Seite gewesen, statt Miko, mein schwächlicher Mann. Dann würde Caroline nicht mehr atmen, dann läge sie schon längst unter der Erde.
Doch vielleicht war endlich die Wende gekommen.

17

Caroline spürte, daß sich etwas änderte auf Schloß Montalembert. Es ging nicht von heute auf morgen. Nach und nach wurde ihr Leben etwas leichter. Sie durfte ihr Zimmer verlassen, die Fenster wurden zeitweise geöffnet, der Baron holte sie manchmal in den Salon herunter.
In der ersten Zeit aß Caroline immer allein auf ihrem Zimmer. Längst wußte sie, wie die Diener hießen, Madeleine und Jacques.

Sie redete sie auch so an. Man sprach ein wenig miteinander, über das Wetter und daß nun der Krieg wohl bald vorbei sei. Und daß der Frühling nicht mehr fern war. Noch war es freilich sehr kalt und die Felder gefroren. Caroline dachte an die Soldaten und fröstelte. Sie taten ihr leid.

Sie hielt Augen und Ohren offen. Sie erfuhr so manches und reimte sich manches zusammen. Nur daß die Haustür niemals offen war, niemals, das war schlimm. Der Baron trug stets einen Schlüssel bei sich und kontrollierte das Schloß mehrmals am Tag.

Sie hütete sich, ihn zu reizen. Sie wartete.

Aristoteles, der Hund, war längst ihr Freund geworden. Der würde sie nie durch Bellen oder Knurren verraten, wenn sie einmal fortlief, bei Nacht.

Wenn das nur möglich gewesen wäre.

Eines Abends ließ ihr der Baron bestellen, sie möge zum Abendbrot nach unten kommen.

„Was soll ich anziehen, Madeleine? Ich habe nur dieses eine Kleid, das ich trage, solange ich hier bin. Und wenn Sie es mir waschen, muß ich ins Bett, bis es trocken ist."

Madeleine wies auf den Schrank.

Caroline schüttelte den Kopf. „Der Herr hat es verboten. Es würde ihn böse machen."

„Nein, nein, das war damals..."

„Ich weiß nicht."

„Ich frage ihn." Madeleine eilte hinab, sprach mit dem Baron, kehrte zurück: „Ja!"

Da zog Caroline ihr altes Kleid aus, wusch sich in der Schüssel. Sie kämmte ihr langes, lockiges Haar und suchte im Schrank. Sie fand ein zitronenfarbenes Seidenkleid, das weit ausgeschnitten war und ihre zarten Schultern frei ließ, so daß der schlanke Hals geschwungen emporstieg, der Hals, der den jungen, edlen Kopf trug.

Sorgfältig zog sie sich an. Dann wandte sie sich Madeleine zu, so daß das Licht der Kerze voll auf ihre Gestalt fiel, auf das Kleid, auf die Schultern, auf ihre goldbraunen Haare.

„Ach, mein Kind", rief die alte Frau und schlug die Hände zusammen, „wie du Louise, des Barons Zwillingsschwester, gleichst!"

„Dann ziehe ich das Kleid wieder aus!"

„Nein, nein! Bleib so, bitte, bleib so!"

Da folgte Caroline der alten Madeleine in den Salon.

Auch der Baron hatte sich umgekleidet. Er trug einen braunen Anzug mit hochgestelltem Kragen. Als sie eintrat, saß er im Stuhl. Als er sie sah, sprang er überrascht auf. „Nein!" rief er.

„Sie haben es gestattet, gnädiger Herr", sagte Madeleine.

Caroline machte einen Schritt zurück. Sie wollte aus dem Zimmer eilen, wieder hinauf.

„Bleib", stieß er hervor und blickte sie unverwandt an. „Bleib! Ja, es ist unglaublich! Meine Schwester, aus dem edelsten Haus, und du, das Bauernmädchen..."

„Lassen Sie sich erzählen!"

„Nein, nein, ich kenne deine Geschichten. Aller Welt willst du weismachen, daß du kein Bauernkind bist."

„Und glauben Sie es denn selbst, Baron?"

„Schweig davon", sagte er. „Es ist absurd! Aber trotzdem: Jetzt hast du die beste Gelegenheit, mir durch dein Benehmen, durch deinen Anstand, durch deine Manieren zu beweisen, daß du recht hast. Spielen wir ruhig das Spiel! Kommen Sie also, Demoiselle..." Er reichte ihr seinen Arm. Der alte Jacques hatte den Tisch vorbereitet, eine Damastdecke aufgelegt, feines Geschirr. Caroline ließ sich auf dem Stuhl nieder.

„Wollen Sie sich mir nicht vorstellen, Baron?" fragte Caroline. „Ist es nicht unhöflich, daß Sie mir Ihren Namen nicht nennen?"

Sofort biß er sich auf die Lippen, seine Miene verdüsterte sich.

„Sag Baron zu mir. Das muß genügen. Es ist sowieso schon fast zuviel, was du weißt."

„Es gibt Tausende Barone in Europa, was verrät das schon", antwortete sie.

Er verneigte sich leicht. Die alte Madeleine hatte sich lautlos zurückgezogen. Nun kam Jacques und servierte. Mit ihm drängte Aristoteles durch die Tür, begrüßte Caroline; er legte sich vor dem Kamin nieder, wo ein Feuer flackerte.

Der Baron sah sie wieder an. „Das Kleid steht dir wirklich. Man sollte es nicht für möglich halten... wirklich nicht."

„Ich denke, wir spielen, daß ich kein Bauernmädchen bin!" Caroline lächelte ihn an. „Und ich danke Ihnen, daß ich das Kleid anziehen durfte."

Er aß schweigend. Doch sie wußte, daß ihm viele Gedanken durch den Kopf gingen. War er etwa unsicher geworden? Sollte sie es wagen, mit ihm zu sprechen? Warum nicht, viel konnte ihr nicht mehr geschehen. Sie hob ihr Glas und trank ihm zu. Dann sagte sie: „Geben Sie es doch zu, Baron. Sie haben Geld für meine Entführung bekommen."

„Würde ich dir das sagen?"

„Die Frage ist ein Eingeständnis!"

„Unsinn!"

„Nun, Baron, wieviel es immer war, ich sage Ihnen: Es war zu wenig, viel, viel zuwenig."

„Glaubst du, du bist so viel wert?"

„Ein ganzes Fürstentum, und zwar eines der reichsten!"

Er schaute auf den Teller.

Schämt er sich? überlegte Caroline.

Fast widerwillig murmelte er: „Womöglich bist du wirklich kostbarer, als ich dachte. Wenn ich dich so ansehe... aber das heißt nicht, daß ich auch nur ein Wort deiner Geschichte glaube!"

Sie ging nicht darauf ein. Sie sagte: „Wieviel es immer war,

5 9461-8

Baron, und wieviel Sie vielleicht noch verlangen können, wenn Sie mich freilassen, bekommen Sie mehr!" Und sie dachte: freilich später einmal.

„Ich bin ein Ehrenmann!"

„Wirklich? Ein Ehrenmann, der junge Mädchen entführt?"

Er wurde rot.

Das machte ihr Mut. Sie ging auf das ein, was er sagte: „Aber ja, Sie sind ein Ehrenmann. Deshalb spreche ich ja mit Ihnen. Sie bekommen mehr. Und vor allem für eine gerechte Sache... und..."

„Und?"

„Und wir bleiben Freunde!"

Er nahm sein Glas, trank und meinte: „Brechen wir das Gespräch ab. Es ist besser." Dann fuhr er fort: „Vielleicht bedaure ich sogar, daß ich dich nicht bei anderer Gelegenheit kennengelernt habe."

„Dann ändern Sie doch die Gelegenheit, Baron!"

„Du bist nicht auf den Mund gefallen. Machen wir Schluß! Gehen wir in unsere Zimmer."

Mehr wurde an diesem Abend nicht gesprochen, wenigstens nicht über das heikle Thema.

Aber der Baron war sehr nachdenklich geworden.

18

Eines Tages war er verschwunden. Er ritt nach Paris. Er mußte mit dem Fürsten sprechen. Er wunderte sich, daß er so lange nichts von ihm gehört hatte. Was war vorgefallen?

Es war nichts vorgefallen. Nur daß der Fürst eben erst aus Bayern zurückgekehrt war.

Und jetzt? Was hatte er mit dem Mädchen vor?
„Das geht Sie nichts an, Baron. Sie übergeben mir Caroline. Ich komme…"
„Ehe Sie weiterreden, Fürst, wieviel ist sie Ihnen wert?"
„Wie meinen Sie das? Die Bedingungen waren klar, vorher vereinbart. Sie haben Ihr Geld bekommen. Nun erlasse ich Ihnen den Rest Ihrer Schulden, auch Ihr Schloß gehört wieder Ihnen."
„Es ist zuwenig, Fürst! Viel zuwenig für dieses Mädchen. Entsprechend war der Preis. Der Preis für eine Bauernmagd."
„Ah, die kleine Lügnerin hat auch Sie um den Finger gewickelt. Da sehen Sie, wie gefährlich sie ist."
„Reden wir nicht lange. Ich verlange einhunderttausend Franc!"
„Sind Sie verrückt?"
„Ist sie Ihnen das wert oder nicht?"
„Mir sicher nicht, ich müßte… vielleicht…, ich könnte das allein nicht entscheiden."
„So habe ich mich also nicht getäuscht!" rief Louis de Montalembert. „Sie ist kein Bauernmädchen, sowenig wie Napoleon Bonaparte ein Kaiser ist!"
„Geben Sie das Mädchen heraus, oder ich werde Sie dazu zwingen!"
„Ich kann sie kaum immer behalten. Aber ich will für sie bezahlt werden wie für eine Prinzessin. Und ich will Ihr Ehrenwort, Fürst, daß ihr kein Haar gekrümmt wird!"
Das war zuviel. Jetzt geriet Fürst Iwan in Wut. „Schuft!" rief er. „Gemeiner Lump! Wortbrüchiger Betrüger!"
„Mäßigen Sie sich, Fürst! Sie beweisen mir, daß ich mich nicht geirrt habe. Caroline ist ein ganzes Fürstentum wert! Ja, sogar hunderttausend Franc sind noch zuwenig, viel, viel zuwenig. Sie sagten mir, daß Ihre Auftraggeberin eine der reichsten Damen Bayerns sei. Nun also: Ich begnüge mich mit einer Million Franc und lasse jede andere Bedingung fallen…" Der Baron wußte, daß

der Fürst hierauf niemals eingehen würde.

Und richtig, als habe der Blitz neben ihm eingeschlagen, sprang Fürst Iwan auf. Er warf sich auf den Baron. Und ehe dieser recht begriff, wie ihm geschah, hatte der Fürst ihm die Pistole aus dem Gürtel gezogen und auf ihn angelegt.

Der Baron zuckte zurück. Er bog den Kopf zur Seite. Doch schnell faßte er sich. Ein leichtes Lächeln umspielte seine Lippen. „Falsch gerechnet, Fürst!" rief er. „Darauf war ich gefaßt. Meine Pistole ist ungeladen!" Das war freilich ein Spiel mit dem Feuer, denn wenn der Fürst jetzt abdrückte, um es auszuprobieren...

Aber der drückte nicht ab. Er warf die Pistole beiseite, um nach der seinen zu greifen. Den Moment konnte der Baron nutzen. Mit einer gewaltigen Anstrengung drehte er sich zur Seite und stieß seinen Gegner zurück. Der Fürst packte einen Tisch, er hob ihn hoch, so daß die Gläser auf den Boden fielen und in Scherben gingen. Der Rotwein bildete eine Pfütze wie Blut. Der Baron wich geschickt aus. Der Tisch donnerte neben ihm nieder. Der Baron sprang zurück zur Wand. So gab er dem Fürsten den Weg zu seinem Kleiderschrank frei. Er riß die Tür auf. Er griff nach seinem Degen. Die Klinge blitzte. Der Fürst legte aus. Der Baron war ohne Waffe; er faßte einen Stuhl. Der Stahl prallte aufs Holz, das Holz splitterte, doch der Sitz des Stuhles deckte den Baron noch immer.

Schlag auf Schlag. Und pariert und wieder gestoßen. Und wieder aufgefangen. Durch die Luft fauchten die Hiebe; der Baron hob den Stuhl, um den Fürsten zu treffen...

Da trat er in die Pfütze aus Wein und glitt aus. Er fiel zu Boden. Schon war der Fürst über ihm und setzte ihm die Degenspitze an die Kehle. „Habe ich dich", keuchte er. „Jetzt bist du erledigt, du Lump!"

Der Baron spürte die Schneide an seinem Hals. Sie ritzte seine Haut. Und doch verließ ihn seine Kaltblütigkeit nicht. Er schaute von unten zum Fürsten empor. „Stoßen Sie nur zu“, meinte er ruhig. „Nie werden Sie dann erfahren, wo Caroline ist.“

„Lächerlich! Das Schloß Montalembert ist doch leicht zu finden.“

„Natürlich! Aber glauben Sie wirklich, ich wäre mit dieser neuen Forderung zu Ihnen gekommen, wenn ich Caroline nicht zuvor an ein anderes, nur mir bekanntes, sicheres Versteck gebracht hätte? Das finden Sie nie! Sie brauchen mich, Fürst!“

„Verdammt!“ Fürst Iwan keuchte.

„Der einzige Weg zu ihr führt über mein Leben. Und natürlich über mehr Geld, über viel mehr Geld...“

Der Baron rührte sich nicht. Er lag unbeweglich. Mit jeder Sekunde stieg seine Chance. Er wollte es nun dem Fürsten nicht so schwer machen. „Ich werde gnädig sein“, meinte er. „Ich verlange keine Millionen. Ich will noch bescheidener sein. Ich verlange auch keine hunderttausend mehr. Wohl aber fünfzigtausend, Fürst.“ Was er sich dabei dachte, blieb wohl für immer sein Geheimnis. Vielleicht, daß es ihm auf das Geld gar nicht mehr ankam, daß er nur die Klinge vom Hals haben wollte.

Fürst Iwan verstand es auch so. Er zog den Degen zurück. Er warf ihn an die Wand, an die Tapete, einem dort aufgedruckten Chinesen gerade ins Gesicht. Über fünfzigtausend Franc ließ sich wohl reden, um die Sache reibungslos, still und ohne Aufsehen zu erledigen.

Der Baron erhob sich. Er klopfte seine Kleider aus. Mit dem Taschentuch wischte er sich den Rotwein ab. Er ging langsam zur Tür.

Der Fürst starrte ihm mit finsterem Gesicht nach. Er wußte, der Baron konnte ihm nicht entkommen. Er wollte Geld.

„Ich gebe Ihnen zehn Tage Zeit, Fürst“, sagte der Baron in der Tür. „Dann sehe ich Sie wieder, und Sie zahlen.“

„Du wirst mir das Mädchen geben, so wahr ich hier stehe.

Montalembert", grollte der Fürst. Bei sich dachte er: Ich werde sie mir holen!

Der Baron war schon aus dem Zimmer. Rasch zog er die Tür hinter sich zu. Er sprang in den Sattel. Er jagte aus der Stadt. Zurück zum Schloß.

Aber jetzt wußte er nicht mehr, was er machen sollte.

19

Caroline war beunruhigt, als der Baron heimkam. Beunruhigt war sie zwar immer, all die Tage und Wochen. Doch manchmal hatte sie ihre Angst auch vergessen.

Sie wußte aber immer: Eines Tages geht meine Zeit hier zu Ende. Dann entscheidet sich mein Schicksal. Bin ich bis dahin nicht frei, kann es nur schlechter werden. Vielleicht kommt es zum Schlimmsten.

Nun war der Baron so merkwürdig, so ruhelos. Er kam durchs Wäldchen zum Schloß geritten, brachte sein Pferd in den Stall und ließ es dort gesattelt, wie wenn er noch einmal ausreiten wollte. Mit großen Schritten lief er über die Brücke. Er öffnete die Haustür, trat ein. Und dann gab er Madeleine und Jacques Urlaub. Das war seltsam. Gewiß, es war auch früher schon einmal vorgekommen, daß sie ausgehen durften, in die nächste, kleine Stadt, wo sie Verwandte hatten. Aber heute schien es Caroline so, als wollte er sie aus dem Haus haben. Warum? Damit keine Zeugen hier waren? Zeugen für was?

Ihr Herz krampfte sich zusammen vor Angst.

Madeleine und Jacques gingen. Aristoteles, der Hund, blieb. Sorgfältig schloß der Baron das Haus wieder ab. Caroline war in ihrem Zimmer. Sie hörte ihn unten im Salon hin und her gehen in seinen Reitstiefeln. Jeder Schritt war wie ein Hammerschlag. Rang er um eine Entscheidung?

Wie gern hätte Caroline gewußt, was der Baron dachte. Plötzlich kam er herauf. Er riß ihre Zimmertür auf und rief: „Komm herunter!" Sie ging sofort. Es war eine schicksalhafte Stunde, das ahnte sie.

Aber der Baron wollte nicht mit ihr reden, wie sie gehofft hatte. Er hatte ein Schachspiel aufgestellt. Sicher, manchmal hatten sie schon zusammen Schach gespielt, manchmal hatte ihn Caroline sogar geschlagen, freilich nicht oft, der Baron war ein guter Spieler. Aber warum spielte er jetzt, da er so unruhig war?

Caroline versuchte sich nicht anmerken zu lassen, daß sie seine Beunruhigung spürte. Und doch konnte sie sich nicht zurückhalten, ihn zu fragen: „Worum spielen wir, Baron?"

„Wie meinst du das? Wir spielen wie sonst auch."

„Hängt nichts davon ab, wie das Spiel ausgeht?"

„Was für ein Gedanke!"

„So abwegig ist das doch nicht? Viele Menschen machen ihre Entscheidungen vom Ausgang eines Spiels abhängig. Sie meinen, das Schicksal teilt sich ihnen so mit. Andere spielen um Geld und Gut..."

„Rede nicht!" Er eröffnete. Sie zog nach. Er war nicht bei der Sache. Er spielte, wie wenn er etwas erzwingen wollte. Sie schlug seinen Bauern, gleich darauf einen Läufer, dann bereitete sie eine Rochade vor, wechselte den Turm gegen den König...

Er bemerkte, daß es schlecht stand. Immer wieder blickte er Caroline an. Er war blaß. Sie war am Zug. Sie nahm die Königin in die Fingerspitzen und hob die Figur, um sie zu setzen. Bald konnte sie ihm „Gardez" bieten. Seine Königin war in Gefahr, und er mußte ziehen, dann wollte sie mit ihrem Springer erwidern, noch zwei Züge, dann wäre er schachmatt.

Wollte er das verhindern, das Spiel abbrechen? Er schob seine

Hand über das Geld, seine Finger berührten die ihren, sie hielt ein in ihrem Zug, zog ihre Hand nicht zurück, und der Baron rührte sich nun auch nicht, so daß Finger auf Finger lag, eine Sekunde oder mehr. Caroline spürte, wie seine Hand zitterte, diese ruhige Hand, die den Hasen so sicher im Lauf traf. Caroline hielt noch immer still. Dies ist die Schicksalssekunde, dachte sie. Die Berührung war ihr nicht unangenehm.

Was dachte, was empfand er? Röte überflutete nun sein Gesicht, er blickte sie an, ihre Augen begegneten sich auf eine Weise... wie nie zuvor..., und dann sprang er auf und stieß seinen Stuhl um, und der Stuhl traf Aristoteles, der hinter ihm gelegen hatte. Der Hund heulte auf und sprang winselnd zur Seite. Der Baron beachtete ihn kaum, er trat ans Fenster. Es war kalt draußen, vielleicht gab es noch einmal Schnee.

Caroline ging zu Aristoteles. Sie beugte sich nieder und nahm den bärigen Kopf in den Arm, an ihre Brust und tröstete den Hund.

Da schaute sich der Baron nach ihr um, unsicher und aufgewühlt. Er stampfte mit dem Fuß und rief: „Ach verdammt! Gott soll mich strafen..." Er trat an seinen Waffenschrank und suchte eine Pistole heraus, eine neue. Er zielte gegen die Decke und aus dem Fenster ins Freie...

„Baron", rief Caroline verängstigt. „Wollen Sie mich erschießen? Lassen Sie uns reden, lassen Sie mich endlich alles erzählen!"

„Es gibt nichts zu erzählten, ich weiß genug, mehr als mir lieb ist", erwiderte er. Und gleichzeitig richtete er die Mündung der Pistole gegen sie. Vielleicht war es aber auch nur ein Zufall. Seine Augen, sein Blick, was lag darin? Verzweiflung oder Haß?

Caroline schrie auf; sie floh aus dem Zimmer, die Treppe hinauf in ihre Kammer. Sie warf sich auf ihr Bett, vergrub den Kopf in den Kissen, weich verteilten sich ihre Haare über ihren Schultern. So lag sie lange.

Es war später Nachmittag, ja, schon bald Abend. Es würde bald dunkel sein.

Da hörte Caroline: Er verließ den Salon. Er holte sich Umhang und Reitpeitsche aus der Garderobe, der Schlüssel drehte sich, er verließ das Haus. Die Tür fiel hinter ihm zu. Er lief schnell über die Zugbrücke in den Stall. Und schon stürmte er auf seinem Pferd davon.

Caroline stürzte zum Fenster. Sie sah noch seinen Mantel wehen. Dann verschwand er in der Dämmerung.

Freude durchzuckte sie: Sie hatte nicht gehört, daß er den Schlüssel aus dem Schloß zog, nicht gehört, daß er ihn von außen eingesteckt und wieder herumgedreht hatte...

Caroline war allein, und die Tür war offen, war vielleicht offen!

Sie spürte wie ihr Herz schlug. Plötzlich drehte sich das Zimmer vor ihren Augen. Alle Bilder, alle Möbel kreisten, stiegen und sanken, wirbelten. Sie ließ sich wieder auf das Bett sinken, saß da, faltete die Hände, preßte sie zusammen, so daß die Knöchel weiß hervortraten und murmelte: „Ruhe, Caroline, nur Ruhe. Das ist der Moment, auf den du so lange gewartet hast. Das ist er... vielleicht... Aber jetzt darfst du keinen Fehler begehen!"

Fieberhaft überlegte sie. Zuerst wollte sie sehen, ob sie sich auch nicht geirrt hatte. War die Tür wirklich unverschlossen?

Sie stand auf. Und, obwohl doch außer ihr niemand im Hause war, ging sie so leise wie möglich und auf Zehenspitzen, drückte langsam die Klinke nieder, schlich die Treppe hinab, vorsichtig, damit sie nicht knarrte, schalt sich dann selbst leise eine Närrin: „Beeil dich, es ist doch niemand hier außer Aristoteles, und der verrät dich nicht, der hält dich nicht fest!"

Und nun sprang sie, jetzt jagte sie, stolperte fast über den großen Hund, der ihr schweifwedelnd entgegenkam, polterte, rannte, war an der schweren Eingangspforte. Ja, da steckte der Schlüssel, innen steckte er, also konnte von außen nicht zugeschlossen worden sein... also war die Tür wirklich offen...

Ein Druck, ein Ruck – der Flügel ging auf. Kalte, klare Winterluft kam ihr entgegen; aber roch es nicht auch schon nach Frühling? Eine Hoffnung, eine Ahnung.

Und draußen war Dämmerung.

Jetzt schnell, nur schnell. Wenn der Baron ausgeritten war, in solch wilder Stimmung, kehrte er sicher so rasch nicht zurück. Und Jacques und Madeleine, die kamen heute wohl überhaupt nicht mehr heim.

Zurück ins Zimmer. Die Schranktür auf. Caroline wollte nicht auffallen. Da waren ein dicker Wollrock, eine Leinenbluse, eine gestrickte Jacke, ein Schal und feste Schuhe. Genau das Rechte. Louise würde ihr wohl verzeihen, wenn sie jetzt vom Himmel auf sie herabsah, des Barons Zwillingsschwester, die auf der Guillotine endete, das arme Mädchen. Caroline zog die Schultern zusammen, sie schauderte, wenn sie daran dachte.

Das Umkleiden ging schnell. Was brauchte sie noch? Ein wenig Geld. Aber woher sollte sie das nehmen? Der Schreibtisch des Barons war immer verschlossen. Sollte, durfte sie ihn aufbrechen? Ja, sie hätte es wohl gedurft. Ein schlechtes Gewissen brauchte sie gewiß nicht zu haben. Schließlich hatte ihr der Baron doch die Freiheit geraubt und ihr mit noch Schlimmerem gedroht. Aber wer wußte, ob es ihr gelang, den Schreibtisch aufzubrechen? Da verlor sie viel Zeit, viel kostbare Zeit. Es mußte auch so gehen.

Sie mußte jedoch damit rechnen, daß der Baron ihr folgte, daß er sie wiederfand. Für diesen Fall wollte sie versuchen, eine Nachricht nach Paris zu schicken, zu Franticek und Paul. Gleich als erstes.

Unten war Papier, auch eine Feder und Tinte.

Der Kiel scharrte, er flog über das Blatt.

Fanticek! Paul!

Ich versuche zu fliehen. Aber wenn es mir nicht gelingt: Baron de Montalembert hält mich gefangen. Ein kleines Schloß, von Wasser umgeben. Versucht mich zu finden, falls dieser Brief vor mir in Paris ist.

Caroline

Sie verschloß den Umschlag. Nun brauchte sie aber doch noch etwas für den Boten. Etwas mußte es hier doch geben, einen Wertgegenstand. Da, die silberne, kleine Obstschale, die mochte gehen. Ein Wert für jeden armen Mann und nicht zu groß für sie, bequem unter der Jacke zu tragen.

Nun rasch aus dem Haus, aus der Tür. „Leb wohl, Aristoteles, du gutes Tier, mein Freund. Ich danke dir. Immer warst du freundlich zu mir. Du warst mein Trost. Ich werde dich nicht vergessen. Nein, leg dich! Du kannst nicht mit mir hinaus. Leg dich... willst du wohl... nun leg dich doch... So ist's brav, ja, so..."

Sie umarmte den Hund. Die Tür fiel hinter ihr ins Schloß. Draußen war es kalt. Sie rannte, so schnell sie konnte. Über die Zugbrücke, da lärmten ihre Schritte. Hier war es noch gefährlich für sie. Käme der Baron jetzt gerade heim, dann liefe sie ihm direkt in die Arme. Da... dort... diese dunkle Gestalt gleich neben dem Stall. War das nicht ein Reiter? Hatte er sie schon gesehen? Für ihn war es leicht, sie einzufangen. So schnell wie ein Pferd konnte sie niemals sein.

Aber er rührte sich nicht. Oder doch? Nein, jetzt sah sie es erst: Es war nur ein Baum, seine Äste schwankten im Wind.

Die Brücke lag hinter ihr. Caroline flog, sie rannte. Der lange Rock schlug an ihre Beine, er hinderte sie. Sie raffte ihn, hob ihn mit der einen Hand hoch, während sie mit der anderen die Silberschale festhielt, um sie ja nicht zu verlieren, die Schale und den Brief.

Jetzt kam sie an ein Gestrüpp, dahinter dehnte sich ein Feld. Grau und kalt lag es vor ihr. Düster. Nebel hing in der Ferne. Es war unheimlich. Wohin sollte sie, wohin? Ein paar Krähen flatterten auf.

Sie entschloß sich, die Straße zu verlassen. Der Boden war feucht und schwer, er klebte an den Schuhen. Caroline lief und lief. Und es wurde bald finster.

Wie verloren sie sich fühlte in dieser weiten, leeren Landschaft in der Dunkelheit. Sie hörte nichts außer ihrem Atem und dem ächzenden Jammern des Windes, leise, grauenhaft, wie das Weinen eines verstoßenen Kindes.

So fühlte sie sich auch. Verlassen und verstoßen. Fast wünschte sie sich in die Wärme des Schlößchens zurück. Aber nein, sie wollte ja frei sein; sie mußte weiter, nur weiter.

20

Wie lange war sie gelaufen? Sie wußte es nicht, Stunden vielleicht. Caroline war es kalt, bitter kalt, bis ins tiefste Innere. Die Wangen waren rauh, die Lippen aufgesprungen, und die Haare hingen ihr wirr in die Stirn. Wenn sie nur wüßte, wo sie war? Hier konnte sie ja nicht bleiben, in der freien Natur, auf dem Feld, oder war es eine Wiese, in der finsteren Nacht, bei diesem schneidenden Frost. Wenn sie fiel, und wie gern wollte sie fallen, sich niederlegen, nur schlafen, schlafen..., aber wenn sie niederfiel und schlief, dann war es ihr Tod. Dann erwachte sie nie mehr, würde erfrieren.

Doch dort... war das nicht ein Licht vor ihr? Ein kleines Licht? Nein, kein Stern, es war ja kein Stern am Himmel, und so tief liegen Sterne auch nicht auf dem Land. Es mußte ein Licht von Menschen sein. Vielleicht waren dort Häuser, vielleicht fand sie dort einen Unterschlupf, Wärme, etwas zu essen.

Sie ging auf das Licht zu.

Von Ferne schon sah sie: Es war eine Fackel, ein brennendes Holzscheit. Ein Mensch hatte es in der Hand. Jetzt erkannte sie auch das. Es war ein Junge, nicht viel älter als sie, vielleicht so alt wie Paul, und er hatte auch seine Größe, seine Figur. Ein Bauernjunge war es; er suchte etwas, das er verloren hatte, auf dem Boden verloren hatte, vor einer Scheunentür.

Sie rief ihn leise: „He, Junge!"

Die Fackel fuhr in die Höhe. Der Junge hielt ihr das Licht entgegen. Jetzt sah sie ihn noch besser. Schmutzig und abgerissen war sein Rock. Der Junge war arm. Das war gut für sie. Arme fragen nicht viel, wenn sie etwas bekommen können.

„He du, komm einmal her! Ich will mit dir reden, ich tue dir nichts!

Der Junge knurrte. Er brummte wie ein Tier.

„Bitte sei leise, verrate mich nicht."

Der Junge kam neugierig näher. Er hatte einen schweren Schritt, derbe Stiefel. Jetzt stand er vor ihr, hielt die Fackel empor, leuchtete Caroline direkt in die Augen, stand aber auch selbst so von ihrem Schein übergossen, rot, flammend. Seine Augen funkelten, sprühten. Er starrte sie neugierig an.

„Ja, schau nicht so. Ich komme nicht vom Himmel. Sag mir, wo bin ich!"

Ein undeutliches Räuspern.

„Wo bin ich, so rede doch!"

Noch einmal ein undeutlicher Laut, fast qualvoll, und die Lippen öffneten sich ein wenig.

„Kannst du nicht sprechen? Bist du stumm?"

Der Junge nickte.

„Du armer Kerl!" sagte Caroline leise. Sie wollte sich abwenden, weitergehen, aber er sprang zu ihr, faßte ihren Arm, hielt sie fest, wollte offenbar etwas sagen.

Angst! Hatte Caroline Angst? Nein, vor diesem armen Jungen doch nicht. Er hungerte nach Liebe. Ja, so sonderbar es klang, der Stumme sehnte sich danach, angesprochen zu werden. Und plötzlich erkannte Caroline: Was für ein Glück habe ich! Denn er kann mich nicht verraten, er nicht. Und selbst wenn er es wollte, man würde ihn nicht verstehen.

Aber verstand er sie denn? Sie fragte ihn. Er nickte mit dem Kopf und schaute sie mit großen Augen an.

„Du kannst mich also verstehen. Gut. So sag mir bitte, weißt du, wo Paris ist?"

Er nickte und zeigte nach links über das Feld.

Nach links also. Sie wollte es sich merken. Morgen früh würde sie dann erkennen, wo sie hingehen mußte.

Sie fragte weiter: „Warst du schon einmal in Paris?"

Der Junge nickte.

„Würdest du dorthin finden, ja? Und willst du für mich nach Paris gehen, ja? Kannst du das? Willst du für mich einen Brief besorgen, ich gebe dir auch etwas dafür!"

Der Junge schüttelte den Kopf.

„Du willst nicht für mich nach Paris gehen?"

Der Junge schüttelte wieder den Kopf. Doch dann nickte er, nickte und schüttelte gleichzeitig den Kopf, hatte Mühe, sich verständlich zu machen.

Du darfst ihm nur eine Frage auf einmal stellen, sagte sich Caroline.

„Also, willst du für mich nach Paris gehen?"

Ein heftiges Nicken.

„Willst du für mich einen Brief besorgen?"

Wieder ein Nicken.

„Ja, aber warum hast du dann den Kopf geschüttelt? Du hast doch nein gesagt. Aber, nun ist es egal. Ja, ich habe dir etwas dafür versprochen..."

Jetzt schüttelte der Junge wieder den Kopf.

„Ach, das ist es! Du willst nichts von mir?"

Wieder ein Kopfschütteln.

„Aber schau..." Caroline zog die Silberschale unter ihrer Jacke hervor. „Schau!" Wie sehnsüchtig da seine Augen blitzten.

Der Junge hob die Fackel höher, dann führte er sie ganz nah an Carolines Gesicht. Und mit seiner freien linken Hand machte er mehrere abwehrende Bewegungen.

„Du willst die Schale nicht?"

Er schüttelte den Kopf.

„Du hast Angst, man könnte dich für einen Dieb halten, weil du nicht erklären kannst, wo du sie herhast?"

Er nickte.

„Ja, was willst du dann?"

Diese Sehnsucht in seinen Augen. Caroline begriff: Dieser Junge wünschte sich etwas. Aber was? Wenn sie es nur gewußt hätte.

Wie um ihn – ja und auch, wie um sich selbst abzulenken, zog Caroline den Brief unter ihrer Jacke hervor und zeigte ihn dem Jungen. „Siehst du, das ist er, die Adresse steht drauf! Du wirst das Haus sicher finden, wenn du danach fragst. Ach so, wie dumm, du kannst ja gar nicht fragen. Aber das ist nicht schlimm. Du brauchst ja bloß den Brief zu zeigen, dann wird man dir schon erklären, wo du hingehen mußt. Traust du dir das zu?"

Der Junge nickte eifrig. Und seine Augen funkelten.

„Der Brief ist sehr, sehr wichtig für mich", flüsterte Caroline. „Kannst du mir versprechen, daß du ihn zuverlässig besorgst und daß du ihn keinem anderen Menschen anvertraust?"

Caroline dachte, daß der Bursche nach dem Brief greifen wollte. Aber er winkte ab.

„Deine Belohnung, ach so, deine Belohnung! Ach, wenn ich nur wüßte, was du willst..."

Wieder trat der Junge einen Schritt näher. Und nun berührte er sie mit der Hand, mit den Fingerspitzen. Sie tasteten sich an Carolines Wange empor, glitten sanft darüber, streichelten sie bis zum Haaransatz und noch weiter empor, über die seidenweiche Flut der Haare, strichen über ihre Locken, und ein Leuchten ging über sein Gesicht.

Caroline spürte: Der Junge wollte nichts anderes, als sie berühren, sie streicheln, er war hungrig nach einer liebevollen Berührung, dieser stumme Bauernjunge.

Da hielt sie geduldig still und ließ ihn gewähren.

Und plötzlich riß er ihr den Brief aus der Hand, stieß noch einmal einen dumpfen Laut aus, drehte sich auf dem Absatz um und rannte davon – mit der Fackel, durch die Dunkelheit. Er lief einfach über das Feld in die Nacht.

Lange sah sie das Licht, es wurde kleiner und kleiner, war bald nur noch wie ein wandernder Stern am Horizont.

Nun spürte Caroline wieder, wie kalt es war. Sie zog den Schal fester um ihre Schultern.

Wo sollte sie hin? Warum war sie nicht mit dem Jungen gegangen? Aber es war ja ihr Plan gewesen, daß der Brief unabhängig von ihr seinen Weg nach Paris fand. Wenn der Baron sie wiederfand, konnte sie immer noch hoffen.

Das Licht der Fackel hatte sie geblendet. Sie erinnerte sich nur, daß der Junge irgend etwas vor einem Gebäude gesucht hatte – was, wußte sie nicht. Wichtig war nur, daß es ein Gebäude gewesen war, ein Gebäude ohne Fenster, vielleicht eine Scheune. Langsam gewöhnten sich ihre Augen auch wieder an die Dunkelheit. Da erkannte sie den schwarzen Umriß. Sie ging darauf zu. Da war Holz, da war eine Tür – die Tür stand halb offen, der Junge hatte sie wohl nicht richtig geschlossen. Caroline schob sich durch den Eingangsspalt, gleich umfing sie Behaglichkeit, nicht gerade Wärme, wohl aber das Gefühl von Geborgenheit. Hier wehte kein Wind. Die Gewalt der Nachtkälte war gebrochen. Es duftete nach Heu – ihre Füße spürten etwas Weiches. Sie tastete auf den Boden, sie ließ sich sinken. Sie vergrub sich im Heu. Das war warm.

Jetzt erst empfand sie richtig, wie kalt ihr war. Ihre Zähne schlugen aufeinander. Hände und Füße waren wie Eisbrocken, aber das war nicht das Schlimmste. Das Schlimmste war, daß die Kälte so tief innen saß, in ihren Knochen. Vorhin, auf dem Feld, als sie mit dem Jungen sprach, da hatte sie es nicht so gespürt. All ihre Aufmerksamkeit war auf ihn gerichtet gewesen. Jetzt kam sie zur Ruhe.

Feucht waren ihre Kleider von der Nebelluft, naß ihre Schuhe und Strümpfe. Mit klammen, steifen Fingern streifte sie alles von den Füßen und wühlte sich ins warme, weiche Heu.

Sie sagte leise ein Gebet. „Behüt mich, Gott, laß mich schlafen und gesund erwachen und unentdeckt."

Dann fielen ihr die Augen zu. Sie träumte von Eisfeldern und Schneewüsten. Sie taumelte durch Stürme. Sie versank in eisigen Wassern und ertrank. Dann war sie bei der Eisprinzessin. Der König des Frostes kam und hüllte sie in einen Mantel, der war aus lauter Eisblumen geflochten.

21

Als Caroline erwachte, war es heller Tag. Das Licht kam klar und kühl durch den Türspalt.

Gott hatte sie behütet. Sie hatte geschlafen, sie war unentdeckt geblieben. Aber alle Wünsche hatte er ihr doch nicht erfüllt, denn sie fieberte. Als sie sich erheben wollte, taumelte sie. Ihre Stirn war heiß. Sie sank wieder nieder. Sie bettete sich ins Stroh zurück

6 9461-8

mit dem Gedanken: Es kommt ja nicht darauf an. Ich muß mich nur ausruhen.

Das Fieber aber stieg, es schüttelte sie. Gleichzeitig fror sie. Sie war schrecklich matt. Sie schlief über Stunden. Sie schlief den Tag und die Nacht. Sie schlief in den nächsten Morgen hinein. Da ging es ihr ein wenig besser. Ihre Stimme war heiser. Sie konnte nur flüstern. Aber mit wem sollte sie auch reden? Sie versuchte aufzustehen. Ihre Beine waren schwer und so schwach.

Sie fiel wieder nieder.

Noch einmal schlief sie lange.

Am Nachmittag erwachte sie. Ihr Durst war unerträglich. Kein Wasser, kein Obst, nichts zu trinken. Aber niemand hatte sie entdeckt, und das war gut.

Sie stützte sich auf die Arme und tappte langsam zum Tor wie ein Hund. Durch das Stroh, über den harten Holzboden voller Steinchen und Splitter. Sie schob sich zur Tür. Sie lugte hinaus – ja, sie witterte hinaus wie ein Tier.

Gegenüber lag ein kleines, armseliges Bauernhaus mit tief herabgezogenem Dach. Aus dem Schornstein stieg Rauch, schmutzigbraun, kräuselte sich, senkte sich, zog über die Felder mit dem Wind. Die Felder waren grau.

Vor dem Haus stand ein Regenfaß. Dort konnte Wasser sein. Das Faß war alt und schwarz, es neigte sich zur Seite.

Ob sie es wagen sollte? Caroline richtete sich am Türpfosten auf und hielt sich fest, sie schwankte. Sie strich sich die Haare aus der Stirn und zog sich den Rock glatt. Sie versuchte einen Schritt zu gehen. Da spürte sie auf der feuchten, kalten Erde, daß sie barfuß war. Sie ging zurück in die Scheune und zog sich Schuhe und Strümpfe an. Sie waren noch nicht ganz trocken.

Wieder kam sie ins Freie; sie stützte sich an der Tür ab, wanderte dann, leicht schwankend, bis zum schwarzbraunen Apfelbaum, der seine kahlen Äste tief und knorrig spreizte, hielt sich an seinem Stamm, an seiner schrundigen Rinde, stieß sich ab, taumelte weiter voran, erreichte die Tonne.

Da ertönten Stimmen im Haus. Eine Frau und ein Mann; sie schrien sich an, stritten miteinander. Sprachen eine harte, kehlige Sprache. Caroline verstand nicht viel. Der Junge war fort. Wo mochte er sein? Das waren wohl seine Eltern, und sie hatten Streit seinetwegen. Vielleicht beschuldigten sie sich gegenseitig, ihn aus dem Haus getrieben zu haben. Dem Mann fehlte die Hilfe seines Sohnes auf dem Feld. Wenn der Junge auch stumm war, kräftige Arme hatte er doch.

Caroline wollte nicht lauschen. Nur nicht entdeckt werden! Sie duckte sich hinter das Faß, preßte sich fest an das feuchte Holz. Sie zitterte. Wie gern hätte sie den Eltern gesagt, daß sie etwas wußte, aber was würde dann geschehen? Man würde sie verprügeln, als Landstreicherin verjagen. Vielleicht hatte der Baron auch schon nach ihr gesucht, überall gefragt. Auf seinem Pferd wäre er schnell hier. Weit war sie wohl nicht gekommen, vorgestern abend – oder war es schon vorvorgestern gewesen?

Wie lange hatte sie nur geschlafen? Und sie mußte mindestens noch heute nacht hier bleiben. Und trinken, etwas essen. Vor allem aber erst einmal trinken.

Sie lauschte wieder ins Haus. Der Lärm wurde leiser. Der Mann und die Frau hatten sich wohl entfernt, in eine andere Stube, oder waren gar vorn aus dem Haus ins Dorf gegangen. Caroline versuchte sich aufzurichten. Sie beugte sich über die Tonne. Da sah ihr das eigene Gesicht entgegen, dunkel auf dunkler Fläche, das Gesicht einer Landstreicherin mit wirren Haaren, die voll Stroh waren und vornüber fielen.

Schön siehst du aus, dachte sie, kein Wunder, wenn man sich vor dir fürchtet. Aber sie hielt sich nicht damit auf. Sie schöpfte Wasser mit ihrer zur Schale geformten Hand. Das Wasser war bitter kalt. Sie führte es zum Mund. Tropfen plätscherten herab, durch die Finger, durch die Lippen. Es war frisch, weil es so kalt war, doch es schmeckte sumpfig. Sie trank trotzdem. Schöpfte mehrmals nach.

Als sie sich jetzt aufrichtete, spiegelte sie sich im Fenster. Die Scheiben waren klein, winzig. Dahinter war eine schmale Küche, verrußt. Ein Herd an der gegenüberliegenden Wand, ein Holztisch unter dem Fenster, darauf lag ein Brot. Ein Gefäß war mit etwas Weißem gefüllt, Ziegenkäse vielleicht. Für Caroline wäre es jetzt eine Leckerei gewesen. Sie berührte das Fenster und drückte dagegen. Aber das Fenster war verschlossen. Das war auch besser so. Hätte sie etwas genommen, wäre sie eine Diebin gewesen. Hätte man es entdeckt, hätte man nach ihr gesucht und ein großes Geschrei darum gemacht. Gewiß, sie konnte vielleicht bezahlen... Die silberne Schüssel, wo war die silberne Schüssel? Hoffentlich lag sie im Heu. Wie dumm, daß sie nicht an sie gedacht hatte. Aus ihr hätte sie etwas trinken können.

Sie trat den Rückweg an: zum Apfelbaum... zum Türpfosten... in die Scheune, ins Heu. Caroline tastete suchend herum. Endlich fand sie die Kostbarkeit, ihren einzigen Besitz. Und dann schlief sie noch einmal tief und fest.

22

Paul stand am Fenster der kleinen Pariser Wohnung und schaute auf die Straße. Doch die marschierenden Kolonnen der Eroberer fesselten seine Aufmerksamkeit kaum. Gewiß, es war ein farbenprächtiges Bild, denn die Uniformen der Verbündeten waren bunt. Paris war gefallen. Sie mußten nicht mehr kämpfen. Jubelnd zogen sie durch die Stadt, die Korps und Trupps der Österreicher, der Preußen, der Briten, der Bayern und Russen mit den Kosaken.

Die Pariser Bürger, die in den kleinen Nebenstraßen wohnten, wichen ihnen scheu aus. Man blieb in den Häusern. Man empfand die Eroberung von Paris durch die Verbündeten und Napoleons Niederlage als nationales Unglück.

Viele Leute senkten bedrückt die Augen, wenn sie die fremden Soldaten sahen, deren Sprache sie nicht verstanden.

Nur dort, wo die reichen Leute und die Aristokraten wohnten, in den breiten Boulevards und Avenuen, wo der Zar Alexander von Rußland, der bayerische Feldmarschall Wrede, König Friedrich Wilhelm von Preußen und Fürst Schwarzenberg als Vertreter des Kaisers von Österreich einrückten, jubelten die Leute. Für sie war nicht nur Napoleon gescheitert, auch das Abenteuer, der große Aufbruch des Volkes zur Freiheit, wie er mit der Französischen Revolution begonnen hatte, war zu Ende.

All diese Dinge berührten Paul nicht. Seine Gedanken waren weit fort. Er schloß die Augen. „Wie lange sollen wir noch warten", murmelte er. „Ich halte es nicht mehr aus. Daß wir nichts tun können, ist das schlimmste..."

„Ich denke genauso", rief Franticek und sprang von dem Stuhl hoch, auf dem er, dumpf brütend, gesessen hatte. „Nichts rührt sich, nichts bewegt sich. Es ist wie verhext. Und vielleicht ist Caroline schon nicht mehr am Leben oder längst in den Händen von Herta. Und ich weiß fast nicht, was schlimmer für sie wäre!"

Paul stöhnte. „Aber solange sie noch lebt, so lange gibt es noch Hoffnung!"

„Du hast recht!" Franticek legte Paul die Hand auf die Schulter. Und dann versuchte er ein Lächeln. „So sind wir Menschen nun: Wir denken nur an uns und an das Schicksal derjenigen, die wir lieben. In diesen Tagen zerbrach ein Weltreich. Einer der mächtigsten Männer der Weltgeschichte, und wohl auch einer der genialsten, ist gestürzt. Die Landkarte Europas wird sich wieder einmal ändern. Wir erleben diese Schicksalsstunde hier mit, und nichts interessiert uns. Wir denken nur an Caroline!"

Mir ist eben nichts wichtiger als sie, wollte Paul sagen; er verbiß sich diese Bemerkung aber und kniff die Lippen zusammen.

Franticek nickte. „Allerdings in mehr als einer Beziehung bin ich jetzt auch froh. Erstens, weil nun das Durcheinander in Paris aufhören wird. Keine Gerüchte mehr, keine Familien auf der Flucht. Alle werden zurückkehren. Und das Leben wird wieder normal werden. Dadurch steigen auch unsere Chancen, daß Mère Soleil endlich herausbekommt, wer Caroline entführt hat und wo sie ist. Und zweitens wird jetzt auch Alexander zu uns zurückkehren. Wie sehr warte ich auf ihn."

„Er kann uns auch nicht helfen", brummte Paul. Am liebsten hätte er sich sowieso alle Verdienste um Carolines Befreiung selbst zuschreiben wollen, wenn sie nur endlich erst frei gewesen wäre. „Wir wollen zu Mère Soleil, sie fragen, ob sie noch nichts erfahren hat!" schlug er vor.

„Wir waren schon so oft bei ihr", widersprach Franticek. „Und immer vergeblich."

Sie bemerkten den kleinen, zerlumpten Jungen nicht, der jetzt auf dem Gehweg entlanglief, dicht an die Hauswände geduckt, bis er stürmisch an die Tür klopfte.

Das Klopfen störte sie auf. Paul rannte zur Tür, die Treppe hinab und schloß auf.

„Du? Was ist?" rief er.

„Schnell kommen, schnell kommen", antwortete Gaston, der Kleine. Er griff nach Pauls Hand, um ihn mit sich fortzuziehen. „Franticek!!!"

Die beiden rannten hinter dem Kleinen her, der wie ein Wiesel vor ihnen herlief.

Atemlos kamen sie bei Mère Soleils Wäscherei an. Atemlos rannten sie durch die Dampfwolken und durch die Pfützen aus Seifenlauge, neugierig verfolgt von den Blicken der Wäscherinnen, die mit offenen Blusen und nackten Armen über die Bottiche gebeugt standen und schrubbten.

Durch diese Hexenküche und über den Hof, wo die Wäsche hing und trocknete. Die noch nassen Laken, die tropfenden Bettücher und die feuchten Hemden schlugen ihnen um die Ohren, hefteten sich klebend auf ihr Gesicht.

Sie streiften die nassen Stücke beiseite.

Und dann standen sie in dem winzigen Hinterzimmer von Mère Soleil, die mit ihrer ganzen, schwergewichtigen Gestalt auf dem roten Sofa an der Hinterwand saß. Am Tisch hockte ein halbwüchsiger Junge in dunklen, feuchten Kleidern, der sich gierig über einen Teller Suppe beugte. Er schaute nur kurz auf, stieß undeutliche Laute aus und aß gleich weiter.

„Er, er war es“, rief der kleine Gaston und zeigte auf den Jungen. Doch er kam nicht dazu weiterzuerzählen, denn Mère Soleil riß die Unterhaltung an sich. Wie eine Königin, die eine Audienz gewährt und ihren Besuchern gnädig erlaubt, in ihrer Gegenwart Platz zu nehmen, wies sie mit weit ausholender Handbewegung auf zwei einfache Stühle und sagte feierlich: „Ihr Vertrauen in Mère Soleil hat sich gelohnt. Wollen Sie etwas trinken? Rotwein? Ich habe einen guten Bordeaux!“

„Nein, nein“, antwortete Franticek. „Reden Sie, Madame, reden Sie!“

„Schade“, erklärte Mère Soleil. „Die Gelegenheit hätte einen guten Schluck verdient. Nun, Sie sind Ausländer. Wir Franzosen dagegen... Gaston, bring mir ein Glas und die Flasche!“

Der Junge flitzte in ein Nebenzimmer und kam mit dem Wein zurück. Er entkorkte die Flasche und goß Mère Soleil ein, die ruhig auf ihn gewartet hatte. Endlich setzte sie das Glas ab und – da sie einen sehnsüchtigen Blick des Jungen mit den zerzausten, langen Haaren am Tisch auffing – wies Gaston an, auch ihm ein Glas zu bringen.

Dann sprach sie: „Ja, Ihre Caroline lebt, und wir wissen, wo sie ist. Hier, dieser tüchtige junge Mann am Tisch, der leider aber stumm ist, hat es uns mitgeteilt."

„Wie?" rief Paul. „Sie lebt? Wie hat er es Ihnen mitgeteilt, wenn er nicht sprechen kann?"

Mère Soleil antwortete: „Es war eigentlich ein Zufall. Einer meiner vielen treuen Freunde war Zeuge, wie er sich nach Ihnen durchfragen wollte."

„Aber wie hat er nach uns fragen können, wenn er stumm ist?" fragte Paul noch einmal.

„Ist das denn so wichtig? Sehr einfach. Er brachte diesen Brief für Sie, der übrigens nicht versiegelt war, so daß ich mir erlaubte, ihn gleich zu lesen. Und es war auch gut, daß ich ihn las, denn Sie hätten aus seinen dürftigen Angaben doch nicht entnehmen können, wo sich das Fräulein genau befindet. Aber für mich und meine Freunde ist das Rätsel leicht zu lösen. Caroline ist auf dem Wasserschlößchen des Barons de Montalembert!"

„Wo ist der Brief?" rief Franticek.

Paul flüsterte: „Caroline lebt! Gottlob!"

„Du magst sie wohl sehr?" fragte Mère Soleil, während sie aus dem Ausschnitt ihrer Bluse den Brief zog und ihn Franticek reichte.

Paul errötete.

Franticek überflog Carolines Zeilen. „Sie ist unterwegs zu uns!" rief er.

„Das dachte ich auch. Aber warum ist sie noch nicht hier?" fragte Mère Soleil. „Der Stumme kann uns leider keine Auskunft geben. Oder doch? Junge, wenn du endlich satt bist, hör mir mal zu. Hören kannst du ja und verstehen, oder?"

Der Junge nickte.

„Na, das ist ja schon viel. Gib also Zeichen: Hat dir das Mädchen den Brief selbst gegeben?"

Der Junge nickte und öffnete die Lippen. Undeutliche Laute entrangen sich seinem Mund.

„Also hat sie auch fliehen können!" Mère Soleil fragte weiter, und der Junge antwortete durch Nicken und Kopfschütteln. So erfuhren sie immerhin einiges. Doch das Rätsel, warum Caroline ihm nicht gleich gefolgt war, konnten sie nicht lösen.

„Vielleicht ist sie schon in unserer Wohnung, gerade jetzt?" Paul wollte davonstürmen.

„Bleib hier", riet ihm Mère Soleil. „Einer meiner Freunde bewacht euer Haus. Kommt Caroline, erfahren wir es sofort. Nein, sie ist noch nicht da. Also hat sie etwas aufgehalten. Viel kann passieren auf so einer Flucht, wenn man sich im Land nicht auskennt. Wenn man kein Geld hat. Vielleicht folgte ihr auch der Baron und fing sie wieder ein. Sie ist ihm ja einiges wert, also wird er es versucht haben. Er hat Pferde. Er brauchte schließlich nur ihren Spuren zu folgen und die Bauern zu fragen, die ihn dort alle kennen und zu ihm halten. Carolines Chancen sind nicht groß."

„Wir müssen sofort nach Schloß Montalembert", erklärte Franticek. „Aber was wird aus Caroline, wenn sie doch hierherkommt?"

„Dann sorge ich für sie. Nirgends ist sie sicherer als bei uns."

„Das glauben wir auch. Danke, Mère Soleil!"

„Sie müssen noch aus einem anderen Grund sofort aufbrechen. Das ist meine zweite Neuigkeit. Leider ist sie nicht so gut wie die erste. Endlich wissen wir auch, wer hinter Caroline her ist, wer Baron de Montalembert zu Carolines Entführung angestiftet hat. Es ist ein Russe, Iwan Fürst Borowsnikof."

„Den Namen haben wir noch nie gehört", riefen Franticek und Paul fast gleichzeitig.

„Nun, er ist wohl auch nur ein Werkzeug, einer, der Befehle ausführt. Aber ein gefährlicher Mann. Wir waren schon lange auf seiner Spur, doch er war ebenso lange nicht in Paris. Erst kürzlich kam er zurück. Und seit heute weiß ich, wer er ist und was er vorhat. Er will zu Montalembert und Caroline holen. Um so leichter wird jetzt alles für ihn, nachdem Napoleon geschlagen und Paris in der Gewalt der Verbündeten ist. Armes Frankreich! Nun, auch der bayerische König gehört zu den Verbündeten. Verstehen Sie jetzt die Zusammenhänge?"

„Nur zu gut", rief Franticek. „Aber wie haben Sie das alles erfahren?"

Mère Soleil lächelte. Sie fühlte sich wichtig und bedeutend. „Das bleibt mein Geheimnis. Ich sage nur so viel: Es gibt Kammerdiener, Kammerzofen, Hutmacher, Friseure, Kutscher... eben meine Freunde."

„Ich verstehe", murmelte Franticek. „Es ist ja auch wirklich gleichgültig. Wichtig ist nur, daß wir keine Sekunde mehr zögern. Nur noch einmal in unsere Wohnung: die notwendigsten Kleider, Mäntel, unsere Waffen. Noch heute nacht brechen wir auf!" Er wollte zur Tür.

„Warten Sie", rief Mère Soleil. „Geben Sie dem Jungen etwas Geld, er hat es verdient. Und dann wird Sie Gaston zum Schloß des Barons führen."

„Aber wird der uns nicht verraten?" fragte Paul. Er gab dem Jungen das Geldstück, das ihm Franticek zugedacht hatte und das der Junge nun – im Gegensatz zu seinem Verhalten bei Caroline – rasch an sich nahm.

„Ach, wie sollte er euch denn verraten können!" tadelte ihn Mère Soleil ein zweites Mal.

Paul senkte beschämt den Kopf.

Der kleine Gaston schlüpfte in einen warmen Mantel, der ihm fast bis zu den Stiefelchen reichte.

„Ihre Pferde sind schon bestellt. Gaston wird Sie zum Fuhrhalter führen", sagte Mère Soleil. „Sollte Caroline kommen, schicke ich Ihnen einen Boten!"

Dann zog Gaston sie vor die Tür. Er hatte es eilig.

Als sie draußen standen und unter der feuchtkalten Wäsche hindurchkrochen, sagte Franticek: „Eine erstaunliche Frau!"

„Ja", antwortete Paul. „Und es ist gut, sie nicht zum Feind, sondern zur Freundin zu haben."

Gaston lachte.

23

Zwei Tage und drei lange Nächte verbrachte Caroline in der Scheune. Als sie zum letztenmal dort erwachte, fühlte sie, daß die Krankheit gewichen war. Matt war sie noch, schwach und entkräftet. Aber sie fühlte sich gesund, ihr Kopf war klar, sie konnte wieder denken, überlegen.

Das erste war, daß sie nach der kleinen, silbernen Schüssel suchte. Sie lag neben ihr, von Strohbündeln verdeckt. Sie nahm sie auf und rieb sie mit dem Rocksaum blank. Niemand hatte sie entdeckt, niemand hatte sie gefunden. Und sie war nicht ganz arm. Jetzt wollte sie aber gleich aufbrechen. Wenn Franticek ihren Brief durch den stummen Jungen erhalten hatte, dann machte er sich jetzt Sorgen, weil sie noch nicht in Paris angekommen war. Und Paul – natürlich, der gute Paul! Caroline lächelte. Bald würde sie bei ihnen sein, und auch bei Alexander...

Sie war hungrig. War sie je im Leben so hungrig gewesen wie jetzt? Sie dachte an das Bauernhaus, aus dessen Regentonne sie Wasser geschöpft hatte. Hinter dem Fenster der Küche war ein Brot gewesen und Ziegenkäse. Vielleicht bekam sie das Fenster doch auf? Vielleicht war es nur angelehnt? Auch die Scheibe konnte sie schließlich einschlagen. Steine lagen genug im Hof und Holzscheite. Aber nein, dann wäre sie doch eine Diebin gewesen, und die Leute hätten sie der Polizei übergeben, wenn sie erwischt wurde. Oder sollte sie sich das Brot nehmen und dafür die Silberschüssel hinstellen? Nein, auch das war nicht gut. Sie brauchte die Schüssel vielleicht noch viel dringender.

Was sollte sie tun? An die Tür klopfen und um etwas zu essen bitten? Dann war sie entdeckt. Vielleicht hatte der Baron schon nach ihr gesucht, dann wußten die Bauern jetzt schon Bescheid, und es war aus mit ihrer Freiheit.

Draußen krähten die Hähne. Licht kam durch den Türspalt.

Caroline stand auf. Sie zog ihre Strümpfe und Schuhe an. Kalt waren sie, aber doch trocken. Sie schüttelte das Heu aus ihren Kleidern. Sie schob die Silberschüssel unter die Jacke und ging zur Tür. Sie schaute hinaus. Kalter Nebel wallte über die Felder. Da stand der knorrige Apfelbaum. Gestern war er ihre Stütze gewesen. Der Boden war hart, dünn überfroren. Es lag kein Schnee. Das Gackern eines Huhns drang aus dem Stall neben dem Bauernhaus. Sicher wohnten dort die Eltern von dem stummen Jungen. Sie hätte ihnen sagen können, wo ihr Sohn war. Aber sie durfte es nicht.

Caroline hatte schrecklichen Hunger. Zögernd trat sie ins Freie. Die Luft war kühl. Der Boden knirschte unter ihren Füßen. Sie blieb wieder stehen. Was sollte sie nur tun? Es war ganz bestimmt besser, weiterzugehen, viel weiter, in ein anderes Dorf, am besten in eine Stadt, dort war sie sicherer, und weit, weit fort vom Wasserschloß, weit fort vom Baron de Montalembert.

Wie sie noch stand, noch in der Nähe des Apfelbaumes, schon unter seinen ausladenden Ästen, ging die Tür im Bauernhaus auf. Caroline erschrak. Aber jetzt war es zu spät. Ein Mann stand auf der Türschwelle; er war groß und kräftig, über seiner Schulter hing eine Wolldecke. Er sah Caroline und brüllte: „He, Dirne, was tust du hier?“

„Ich... ich...“, stammelte Caroline. Sie verstand ihn so

schlecht. Er sprach nicht das feine Französisch der Stadtleute, wie sie es gelernt hatte, wie es Franticek und Alexander sprachen. Plötzlich fühlte sie sich sehr allein. Und sehr schuldig. Warum nur? Sie hatte doch gar nichts getan.

„Da geschlafen hab' ich, im Heu", stammelte sie. „Mir war so kalt. Und jetzt... jetzt habe ich Hunger. Hätten Sie vielleicht ein Stück Brot für mich, nur ein Stückchen trockenes Brot, dann gehe ich gleich..."

„So", knurrte der Mann. „Hunger hast du, Landstreicherin. Dann komm erst mal näher, damit ich dich richtig sehen kann!"

Caroline machte einen Schritt vorwärts. Da tauchte neben dem Mann eine zweite Gestalt auf, eine Frau, fast noch größer als der Mann, aber sehr hager. Die Frau schrie: „Schick das Miststück weg! Fahrendes Volk, Gesindel, Zigeunerin! Mach, daß du fortkommst. Willst stehlen! Eine Fremde bist du, man hört es ja, mach daß du fortkommst, oder ich lehre dich laufen! Machst meinen Männern schöne Augen und schmeichelst dich ein, und hast lange Finger! Aber bei mir bist du an die Falsche geraten!"

Die Frau drängte an dem Mann vorbei, der ihr widerwillig Platz machte. Sie bückte sich, hob etwas auf, wohl einen Stein und schleuderte ihn.

Das Geschoß fuhr an Carolines Ohr vorbei. „Nein, nein", schrie sie, „Sie irren sich..."

Aber die Frau bückte sich wieder – und da fiel Caroline nichts Besseres ein, um die Frau von ihrer ehrlichen Absicht zu überzeugen, sie zeigte die silberne Schüssel, hielt sie hoch und rief: „Ich kann ja bezahlen, sehen Sie nur, ich kann bezahlen..."

„Lumpengesindel!" keifte die Frau. „Gestohlen hast du bei reichen Leuten und uns willst du dein Diebesgut andrehen, damit wir in Verdacht geraten und die Polizei kommt und wir ins Gefängnis müssen! Fort! Fort mit dir!" Ihre Stimme überschlug sich: „Hilfe! Hilfe! Haltet die Diebin!"

Sie rannte los und wollte sich auf Caroline stürzen.

„Ach, laß das arme Ding doch, Alte", schrie jetzt der Mann. Aber die Frau war schon bei Caroline.

Erwischte sie sie, ging es Caroline schlecht. Haß stand in ihren Augen. Der Haß einer armen, gepeinigten Frau, die keine Freude im Leben kannte, sondern nur Not, Kampf und Sorge.

Caroline machte kehrt. Sie rannte, war bald auf dem Feld.

Die Frau lief hinter ihr her. Doch sie hinkte, von ihr drohte kaum Gefahr. Türen schlugen und Fensterflügel. Geschrei und Gezeter. Das ganze Dorf wurde lebendig. Hunde bellten.

Caroline jagte. Der Rock behinderte sie. Halb stolperte sie, halb lief sie. Immer wieder stürzte sie fast, konnte sich gerade noch halten. Nur weiter, weiter, nur nicht in die Hände der wütenden Bauern fallen – und ihrer Weiber.

Da, das Hundegebell kam näher. O Gott! Für diese Dorfhunde, Kettenhunde womöglich, die man losgelassen hatte, war sie wie ein Wild, das gejagt, gestellt und gerissen werden muß. Vor denen schützte sie der Nebel nicht, da half kein gutes Wort.

Und dann Hufe, ein Pferd, ein galoppierendes Pferd, hinter den Hunden her oder vielleicht vor ihnen, ein Reiter und Hunde, ein Reiter und Hunde und Hunde und ein Reiter, Reiter, Hunde, Reiter...

Da waren die Hunde über ihr, rissen sie nieder, eine geifernde, bellende Meute.

Caroline sah nichts, sie lag mit dem Gesicht zur Erde, deckte die Arme darüber, bedrängt von den Pfoten, den Krallen, den Schnauzen der Tiere.

Aber da war ein anderer Hund, ein mächtiger, kräftiger, der stürzte sich zwischen die Meute, verbiß sich im größten der Köter, schleuderte ihn nieder, und der Hund heulte auf. Die anderen Hunde kamen ihm zu Hilfe und wendeten sich gegen den Angreifer – ein wilder Kampf entstand über Carolines Rücken, doch von ihr hatten sie abgelassen. Der Boden bebte. Das war das Pferd, das waren Hufe.

Eine helle Stimme rief: „Zurück! Bestien! Zurück! Brav, Aristoteles, brav!“ Peitschenhiebe sausten auf die balgenden Rücken der Hunde. Da heulten die Hunde auf und gaben Caroline frei, nur der starke, große Hund knurrte und biß und wütete weiter gegen die anderen.

„Aristoteles! Hierher! Es ist gut! Hierher, braver Hund!“

Das Pferd stand und schnaubte. Seine weiche Schnauze fuhr über Carolines Rücken. Sie spürte den warmen Atem.

Der Mann faßte ihre Schulter, er drehte sie um, sah sie an – es war der Baron. Er war rot im Gesicht, vom scharfen Ritt, vom Zorn. Schweiß stand auf seiner Stirn.

„Du armes Kind“, sagte er leise, voll Wärme. „Du armes Kind!“ Und er hob sie empor, hob sie mit beiden Armen, drückte sie an seine Brust und murmelte: „Du Mädchen, du törichtes Kind!“

Ihre Arme hingen schlaff. Tränen standen in ihren Augen. Spannung löste sich im Weinen.

„Bist du verletzt? Laß sehen! Nein, gottlob, das ist wohl nicht schlimm. Deine Schuhe, die Kleider haben das Schlimmste verhütet!“

„Und Aristoteles. Er kam im letzten Moment. Er hat mich gerettet.“

„Ja, ein guter Hund. Er würde sich für dich in Stücke reißen lassen, glaube ich. Komm her, Aristoteles, komm!“

Der Hund kam heran; sein Fell war zerzaust, aber der Schwanz wedelte. Und die Augen leuchteten stolz. Er schob die Schnauze empor an Carolines Schulter, blies seinen warmen Atem in ihre Haare.

Caroline griff mit der herunterhängenden Hand in sein Fell. Sie klopfte seinen Hals, schüttelte ihn, strich ihm über den Kopf, über die feuchte Nase.

Montalembert hob Caroline in den Sattel und schwang sich hinter sie aufs Pferd. Er hielt sie fest umschlungen.

Dann trabte er an. Wie leicht, wie fröhlich das Pferd ging. Und Aristoteles jagte im Kreis, er bellte, sprang in die Luft, freute sich, lief voraus.

Die wilde Meute der Dorfhunde war weit entfernt, traute sich nicht mehr näher.

Vor den Bauernhäusern standen die Leute: Männer, Frauen und Kinder in dunklen, ärmlichen Kleidern. Gern hätte ihnen Caroline zugerufen, daß sie wußte, wo der stumme Junge war. Aber noch traute sie sich nicht. Noch wollte sie nichts gefährden. Erfuhr der Baron davon, brachte er sie vielleicht woanders hin. Denn ich bin doch wieder gefangen, dachte Caroline. Gerettet, aber doch gefangen.

Aber jetzt war es ihr eigentlich gleichgültig. Sie war müde. Sie schloß die Augen. Ihr Kopf ruhte an der Schulter des Barons.

Er sprach nicht. Er hielt sie.

Plötzlich hob Caroline den Arm, griff unter ihre Jacke, tastete, stieß einen Schrei aus.

„Was ist?“ Der Baron zügelte sein Pferd. „Ist dir nicht wohl? Dein Herz... oder tun dir deine Wunden weh?“

„O nein“, rief sie. „Die kleine Silberschale..., ich hatte sie mitgenommen, aus dem Schloß, ich hatte sie Ihnen... gestohlen..., weil ich kein Geld hatte. Und nun habe ich sie verloren!“

„Ist das alles?“

„Kehren Sie um, schnell, kehren Sie um, ehe die Bauern sie finden. Sie liegt vielleicht noch auf dem Platz, wo mich die Hunde niedergerissen haben!“

„Die Silberschale! Was liegt daran. Wenn du nur gesund bist. Du mußt ins Haus. In die Wärme. Du mußt verbunden werden!“ Er gab seinem Pferd einen Schenkeldruck und trabte weiter.

Ein Schwarm Sperlinge stob auf und flatterte über den Acker.

Sie sind Frühlingsboten, dachte Caroline. Was ist nur mit ihm, was hat ihn so verwandelt?

Der Nebel der Frühe hob sich. Klarer wurden alle Konturen, auch in der Ferne. Die Felder dampften. Im Osten glühte die Sonne aus dem Dunst. Lange ritten sie schweigend, hingen ihren Gedanken nach. Das Sattelzeug knarrte. Die Hufe klappten. Die Ohren des Pferdes spielten. Aristoteles umkreiste sie hechelnd.

Schließlich sprach der Baron wieder, fast wie zu sich. „Ich habe dich lange gesucht. Zwei Tage und drei Nächte. Hätte ich das Geschrei der Leute nicht gehört, die Hunde... das Zetern, Wüten und Bellen, wer weiß, ob ich dich gefunden hätte!"

„Jetzt haben Sie mich gerettet. Aber warum? Was wird nun?"

Er antwortete nicht, verstärkte nur den Druck des Armes um ihren Leib.

„Was wird dann?" fragte sie drängender.

„Ich weiß es nicht. Zuerst brauchst du Ruhe und Pflege. Dann reden wir miteinander. Jetzt will ich viel von dir wissen. Nein, das stimmt nicht, ich will eigentlich nicht viel von dir wissen, nur die Wahrheit!"

„Ich wollte sie Ihnen immer sagen. Aber Sie wollten sie nicht hören", sagte Caroline leise.

Sie lächelte. Das Leben war schön. Wie die Sonne strahlte!

24

Der Frieden des Tages war trügerisch. Noch Stunden entfernt, jagte eine Kutsche über die Landstraße. Die Kutsche war geschlossen, ein dunkler Kasten. Der Kutscher war gleichzeitig Fahrgast, er hielt die Zügel selbst, er trieb die beiden Pferde an. Wut und Haß machten ihn leidenschaftlich. Er trug einen Degen

7 9461-8

an der linken Seite, in seinem Gürtel steckte eine Pistole. In der Tasche hatte er Geld, viel Geld. Aber das gedachte er zu behalten. Nicht nur dieses Geld trug er bei sich, sondern noch eine andere Summe, so geschickt in seinen Stiefeln verborgen, daß sie nur schwer zu finden war.

Der Mann hatte eine Binde über dem linken Auge, doch mit dem gesunden Auge sah er wie ein Adler. Und wenn er focht, hatte er eine sichere Hand. Nicht weniger sicher, wenn er zielte.

Es war gefährlich, ihn zum Feind zu haben. Dort, wo er herkam, aus Rußland, war er gefürchtet im Duell. Wagte es einer, ihn herauszufordern, war das noch stets sein Ende gewesen.

Einer kleinen Gruppe von Reitern war er unterwegs begegnet, die hatte nur kurz seine Aufmerksamkeit gefesselt. Die Männer gingen ihn nichts an. Der eine war ein junger Bursche, den anderen immer eine Pferdelänge voraus. Der größere Reiter, ein sehniger, drahtiger Mann, hatte einen Jungen vor sich im Sattel, ein Kind noch, etwa acht Jahre alt. Der Fürst dachte: ein Vater mit seinen Söhnen. Ein junger Vater. Und ein guter Reiter ist dieser Kerl, sicher kein Bauer. Vielleicht ein Offizier der geschlagenen Armee Napoleons, der jetzt nach Hause reitet.

Ein Gedanke, so flüchtig wie der Wind, der ihm ins Gesicht blies.

Ja, der Mann auf der Kutsche beachtete die Reiter nicht weiter. Mit seinem gesunden Auge schaute er voraus auf sein Ziel. Vielleicht wäre ihm sonst aufgefallen, daß der Kleine in den Armen des Mannes zusammenzuckte, als er ihn sah, und sein Ärmchen um den Hals des Vaters legte und sich daran emporzog, bis sein Mund in der Nähe des Ohres war und er ihm etwas zuflüstern konnte.

Darauf blickte der Reiter scharf zum Fürsten hinüber und gab seinem Pferd die Sporen, bis er bei seinem größeren Sohn war; er rief diesem drei Worte zu, und dann zügelten beide ihre Pferde und ließen die Kutsche vorausfahren, auf der Landstraße voraus. Sie schlugen sich seitlich aufs Feld, folgten der Kutsche aber weiter, wenn auch in größerem Abstand, und richteten es so ein, daß der Kutscher sie nicht sah.

Der drehte sich aber nicht um. Er schimpfte über die Bauernwagen, wenn sie ihm den Weg versperrten, schlug auch mit der Peitsche nach den Pferden, damit sie Platz machten. Er jagte an Bäuerinnen vorbei, die mit Geflügelkörben unterwegs waren, und wich den Ochsengespannen aus, die schwerfällig dahinrumpelten.

25

Aristoteles rannte voraus. Er war längst schon am Tor, als der Baron mit seiner Last im Sattel folgte. Der Hund sprang nach der Klinke, er bellte. Der alte Jacques öffnete, gleich hinter ihm erschien Madeleine.

„Wie gut, daß Sie wieder hier sind, Herr! Und das Fräulein gesund und gerettet. Wie schön!"

Der Baron ließ Caroline vom Pferderücken gleiten. Madeleine fing sie in ihren Armen auf. Aristoteles bellte vergnügt.

Der Baron sprang aus dem Sattel, er warf Jacques die Zügel zu; der brachte das Pferd in den Stall, rieb es trocken, versorgte es.

„Bereite Caroline ein Bad", rief Montalembert Madeleine zu. „Und versorg ihre Wunden!"

Dann gingen alle ins Schloß.

Heißes Wasser dampfte stets auf dem Herd. Der Badezuber war schnell gefüllt. Madeleine schleppte die Eimer; die Badekammer lag neben der Küche.

Die Wärme tat wohl. Madeleine seifte den jungen Körper, wusch das Blut ab, jammerte ein wenig, besah die Wunden, fand, nur die am Arm müsse mit Honig bestrichen und verbunden werden. „Honig heilt, nichts heilt besser als Honig“, rief sie zuversichtlich. „Oder ein Sud aus Salbei, auf die Wunde gelegt. Kind, gut, daß du gesund wieder hier bist. Das ist alles nicht schlimm. Aber es hätte schlimm ausgehen können. Warum bist du nur fortgelaufen?“

Caroline spülte sich den Schaum von der Schulter.

Madeleine erwartete keine Antwort. Wenn sie auch nur wenig wußte, so ahnte sie doch viel. „Aber jetzt brauchst du nicht mehr zu fliehen. Jetzt nicht mehr, du Vögelchen, das weißt du doch, oder?“

Caroline neigte den Kopf. Es konnte ein Schütteln bedeuten, aber auch ein zustimmendes Hinundherwiegen sein.

„Ja, jetzt ist alles anders“, sagte die alte Madeleine. „Unser Baron... er... nun, ich will ja nichts sagen! Ach, wie bist du noch jung. Was für zarte Ärmchen du hast, und so feine Hände. Das sind keine Bauernhände, das weiß ich. Das hab' ich auch gleich gesehen, am ersten Tag schon, als du ankamst. Ja, du hast uns alle verzaubert, das ist wahr. Heb deine Haare empor, halte sie mit der Hand, damit ich dir den Rücken waschen kann. Ja, was hast du denn da, hier auf dem Schulterblatt, oder fast noch dazwischen? Es sieht aus wie ein Krönchen...“

„Es ist ein Krönchen, meine Mutter hatte das gleiche“, sagte Caroline.

„So etwas habe ich noch nie gesehen... He! Hinaus mit dir, Jacques, wer hat dir erlaubt...“

„Ach, ich wußte ja nicht“, rief der Alte und zog schnell die Tür hinter sich zu, ehe der nasse Schwamm ihn erreichte. Der klatschte gegen das Holz und fiel dann zu Boden.

Aber Aristoteles war hereingekommen, er schob seine Schnauze über den Rand des Zubers und schnaufte; er nieste, als ihm Caroline einen Tupfen Seife auf die Nase gab.

Dann trocknete Madeleine das Mädchen ab. Sie verband Carolines Arm. Sie brachte ihr saubere Kleider, einen Rock mit Spitzensaum und eine Bluse, bestickt mit blauen Kornblumen. „Das Blau paßt so gut zu deinen Haaren", rief sie. „Wie hübsch es aussieht!"

Der Baron erwartete sie im Salon. Auch er hatte sich umgekleidet, seine Jacke mit den langen Schößen war silbergrau, hell seine Hose und rehbraun die Stiefel.

Auf dem runden Tisch dampfte Schokolade in einer Silberkanne. Der alte Jacques servierte, zog sich aber zurück, als der Baron ihn hinauswinkte. Dann waren sie allein. Nur Aristoteles legte sich unter den Tisch.

„So, setz dich", forderte der Baron Caroline auf. „Fühlst du dich wieder wohl? Und Madeleine hat dich gut versorgt? Sogar der kleine Verband steht dir, du siehst reizend aus, eine kleine Dame." Er schaute sie an und sah dann an ihr vorbei aus dem Fenster. Dann schenkte er ihr Schokolade ein und trank selbst. Er wußte nicht, wie er beginnen sollte. Nachdenklich sah er in seine Tasse.

Da brach Caroline das Schweigen. „Warum sind Sie mir gefolgt? Warum haben Sie mich zurückgebracht?"

„Sollte ich dich verhungern lassen oder erfrieren? Die Bauern hätten dich vielleicht erschlagen, die Hunde ganz sicher zerrissen. Ich mußte dich suchen. Du warst mir anvertraut!"

„Ach, darum haben Sie es nicht getan, Baron. Anvertraut! Was für ein Wort: anvertraut! Ihre Gefangene war ich und bin es wohl noch jetzt. Das möchte ich gern wissen."

„Ich habe mein Wort gegeben...", murmelte er, ohne direkt zu antworten.

„Sie haben Ihr Wort gegeben? Wem? Und was haben Sie dafür bekommen?"

Das Blut schoß ihm ins Gesicht, er preßte die Lippen zusammen.

Sie wartete.

Endlich sagte er: „Das ist meine Sache. Jetzt ist es an dir, mir deine Geschichte zu erzählen. Bitte sprich!"

Da sprach sie. Erzählte alles. Endlich! Sie ahnte: Das war ihr Sieg. In all den vergangenen Tagen hatte sie sich das gewünscht, zu ihm reden, ihn überzeugen zu können. Sie sprach schnell, ohne Pause. Eine innere Schleuse war geöffnet, und ein Sturzbach von Worten brach sich Bahn: Wie sie in der Wiege gegen das tote Kind einer armen Häuslerin vertauscht wurde. Wie Herta sie um ihr Erbe betrog und dabei selbst zur Fürstin Krötzingen-Waldegg wurde. Wie sie im Birkenwäldchen bei Franticek aufwuchs, wie Herta immer wieder versucht hatte, sie ermorden zu lassen. Sie erzählte, wie Paul ihr Leben auf dem Kirchturm von Schwarzenberg rettete, wie sie der Kriegshölle von Regensburg entkamen, wie sie unter die Räuber gerieten und fast unter dem Fallbeil geendet hätten. Sie erzählte vom Tagebuch, vom Muttermal...

„Ach", rief sie, „die alte Madeleine hat es eben beim Baden gesehen. Sie kann es Ihnen bestätigen, rufen Sie sie..."

Er hatte ihr gebannt zugehört. „Nein, nein", sagte er. „Sprich weiter. Ich glaube dir auch so. Denn wer könnte solche Geschichten erfinden? Und wenn ich dir nicht glaubte, würde mir Madeleines Zeugnis auch nichts helfen. Denn Muttermale haben viele. Deines hat nur Bedeutung im Zusammenhang mit dem Tagebuch, das du ja nicht bei dir hast."

„Nein", sagte sie. „Franticek hat es an sicherem Ort verwahrt."

„Also sprich weiter."

„Ich bin eigentlich am Ende. Alles Weitere kennen Sie. Sie selbst spielten Ihre Rolle."

„Erinnere mich nicht daran."

„Ausgelöst wurde all dies nur durch den Brief, den Ihr Kaiser Napoleon..."

„Er ist nicht mein Kaiser!"

„...den Napoleon Bonaparte an den König von Bayern richtete. Ohne dieses Schreiben säße ich jetzt nicht vor Ihnen."

„So müßte ich ihm vielleicht sogar noch dankbar sein", murmelte er mit grimmigem Humor. Er ballte die Hände zu Fäusten und öffnete sie wieder. Mehrmals wechselte er die übereinandergeschlagenen Beine. Er griff mit dem Finger unter den Kragen, um sich Luft zu verschaffen. Und als Caroline mit den Worten schloß: „So ist es, Baron, nun wissen Sie alles, und das ist die Wahrheit!", da rief er: „So ist es, ja, so muß es sein. Früher hätte ich deine Geschichte für ein gut ausgedachtes Märchen gehalten. Aber jetzt kenne ich dich, und jetzt glaube ich dir. Ich weiß, daß du nicht lügst. Wahrhaftig: Fürst Iwan hat mir das alles so ähnlich angedeutet, aber für ihn war es nur Betrug. Nun, er kennt dich ja nicht. Jetzt kann ich es dir wohl sagen, er gab mir Geld, viel Geld, und bot mir noch mehr an, Geld, das ich dringend brauche, denn die Revolution hat mich arm gemacht. Der ganze Besitz meiner Eltern ging verloren, alle meine Güter wurden eingezogen bis auf dieses kleine Schloß, und das verspielte ich an ihn. Aber trotz allem hätte ich mich zu so einer schmutzigen Tat kaum hergegeben, wenn ich nicht geglaubt hätte, damit einer Fürstin eine lästige Bauerndirne vom Hals zu schaffen, die sie in einen Skandal verwickeln würde."

Caroline atmete auf. „Ich danke Ihnen, Louis!" rief sie und flog auf ihn zu; sie warf ihre Arme um seinen Hals und legte ihre Wange an seine.

Einen Augenblick lang hielt er Caroline umschlungen. Dann murmelte er: „Nicht... Ich vergesse immer wieder, wie jung du noch bist, fast noch ein Kind."

„Vielleicht", sagte sie. „Aber nicht mehr lange!"

Ehe er antworten konnte, hörten sie draußen Lärm. Aristoteles schlug an mit seiner tiefen, dröhnenden Stimme.

Der Baron schreckte auf: „Eine Kutsche?" Er löste sich von

Caroline und lief zum Fenster. „Ah…“, flüsterte er. „Ja, sie steht drüben vor der Brücke, eine schwarze Kutsche. Und ein Mann kommt über die Brücke, den ich nur zu gut kenne. Ich hätte es mir denken können. Rasch, rasch hinauf in dein Zimmer, Caroline, schließ dich ein und halte dich ruhig. Und nimm Aristoteles mit. Ich kann ihn hier nicht gebrauchen. Der Fürst bringt es in seiner Wut fertig und erschießt den Hund. Rasch… rasch…“

„Aber Sie?“

„Ich sorge schon für mich!“ rief der Baron. Er eilte zu seinem Wandschrank, wo er die Waffen aufbewahrte. Er suchte einen Degen und die Pistole.

Da donnerte schon ein Degenknauf gegen die Tür: „Aufmachen, aufmachen, oder ich schlage die Tür ein!“

„Baron, was befehlen Sie?“ fragte Jacques, der hereinkam.

„Halte ihn hin. Inzwischen läuft Caroline die Treppe hinauf, Madeleine mit ihr und der Hund, schnell!“

Glücklicherweise lärmte Fürst Iwan so, daß er nichts davon hörte.

Caroline flog die Stufen empor, zog den widerstrebenden Aristoteles, der bellte und wütete, mit sich. Madeleine schob sich mit ihnen durch die Tür und drehte den Schlüssel von innen um.

Caroline hörte, wie unten die Haustür geöffnet wurde. Ein Mann trat ein, dessen Schritt energisch und kraftvoll war. „Wo ist das Mädchen?“ brüllte er. „Heraus mit ihr!“

„Das Mädchen, das Sie suchen, Fürst Iwan, ist nicht mehr bei uns“, antwortete der Baron mit fester Stimme.

„Sie lügen, Baron. Das müssen Sie mir beweisen. Aber wenn es die Wahrheit sein sollte, werden Sie dafür mit Ihrem Leben bezahlen!“

Aristoteles knurrte noch immer. Caroline kauerte sich nieder und umklammerte seinen mächtigen Kopf. „Sei still, sei still“, flüsterte sie in sein Ohr. „Verrate mich nicht.“ Sie versuchte, seine

Schnauze in ihrem Schoß zu verbergen.

„Herrgott, beschütze Louis“, flehte sie. Und sie dachte: Wer hätte wohl geglaubt, daß ich einmal so beten würde!

26

Ein sanfter Wind wehte. Über den Himmel trieben helle Wolken. Zwei Reiter, die nicht gesehen werden wollten, zügelten ihre Pferde weit vor dem Schloß, weit vor der Brücke. Zwei Reiter! Nein, eigentlich drei, doch der eine war noch ein Junge und hatte kein eigenes Pferd.

Am Wäldchen, das dunkel und schwarz stand, mit Bäumen ohne Blätter, am Wäldchen hielten sie an und zogen ihre zwei Pferde hinein. Sie suchten eine verborgene Stelle im Gebüsch, von dem Spatzen aufstoben, und banden die Tiere dort fest.

Geduckt schlichen sie von Baum zu Baum näher, sahen die schwarze Kutsche an der Brücke, sprangen über den Weg und versteckten sich hinter ihr.

Die beiden Pferde warfen die Köpfe empor und stampften mit den Hufen.

„Wir müssen wissen, was im Haus vor sich geht“, flüsterte Franticek. Die drei steckten die Köpfe zusammen; sie sprachen so leise, daß es wie das Wispern des Windes in den Blättern war.

„Ja“, antwortete Paul fast lautlos. „Ja, wenn Caroline hier ist...“

Franticek nickte bedrückt. „Man kommt an das Wasserschloß ja nicht heran.“

„Ich versuche es“, hauchte Gaston.

„Du? Das ist unmöglich.“

„Ich bin wie eine Katze. Ich bin schon an mancher Fassade in Paris emporgeklettert, und die waren oft noch glatter als diese.

Und noch viel höher..."

Schon huschte er davon. Hinter der Kutsche hervor, mit eingeknickten Knien, den Kopf gesenkt, den Rücken krumm wie ein Flitzebogen. So – fast am Boden – rannte er zum Brückengeländer, unter dem Geländer entlang, auf den Bohlen, über die Brücke, da sah man nichts von ihm. Er war wie ein Schatten. Er kam zum Schloßportal, zur hochgewölbten, dicken Tür, hielt das rechte Ohr dagegen, als wolle er hindurchkriechen mit seinem zur Seite geneigten Kopf, schien aber nichts zu hören; dann war er schon wieder fort, rollte sich flach über das Brückengeländer, rollte auf der anderen Seite über den Wassergraben hinab bis zum vorspringenden Balken, tastete mit den Händen nach der Mauer, nach dem rauhen Putz, fand irgendwie Halt mit den Nägeln, hangelte dann mit den Füßen hinüber zum Sockel, der schmal war, kaum so breit wie ein Finger, doch ihm reichte es. Auf den Schuhspitzen tastete er sich vor, suchte Lücken im Mauerwerk, klebte fast daran mit dem ganzen Leib, so daß dazwischen nicht einmal ein Blatt Papier Platz gehabt hätte.

Und so kam er voran, der Kleine, schob sich seitlich vor, streckte nach beiden Seiten die Arme aus, mit dem suchenden Fuß immer wieder weit ausgreifend. Er bekam die gekrümmten Finger auf die Fensterbank, und hing schließlich unter den Scheiben, unbeweglich, auf so schmal herausspringendem Sims, wie ein Seiltänzer.

So zog er sich langsam hoch. Wie klein er war! Gerade seine Stirn reichte über die Fensterbank und die Augen.

„Ein Teufelskerlchen!" flüsterte Franticek.

Paul ärgerte sich, daß er selbst es nicht konnte.

Mit angehaltenem Atem warteten sie, versuchten zu lauschen, versuchten mit Gastons Augen zu sehen, hörten aber nur ihr Blut in den Ohren rauschen.

Wie lange hing wohl der Kleine in den Lumpen so unter dem

Fenster? Ihnen erschien es wie eine Ewigkeit, und es war doch sicher nur eine kurze, nach Minuten zu zählende Spanne Zeit.

Da schlug innen ein Hund an, laut, wütend.

Blitzschnell zog sich Gaston zurück, mit aller Vorsicht, erreichte auch das Brückengeländer, rollte hinüber und huschte über die Brücke.

Paul zog sein Messer, Franticek brachte seine Pistole in Anschlag.

Gaston kroch unter den beiden Kutschpferden durch.

„Zwei Männer", keuchte er, „zwei Männer..."

„Und Caroline?"

„Nein! Kein Mädchen. Nur zwei Männer. Der eine ist der Baron, der andere der Fürst, der von der Kutsche, mit der Augenbinde."

„Und weiter, sprich, rede!"

„Sie stritten. Sie waren wütend aufeinander..."

„Aber was sagten sie?"

„Ich konnte sie kaum verstehen. Sie brüllten, und immer gleichzeitig. Aber ich glaube, der eine wollte das Mädchen haben, und der andere wollte sie nicht hergeben."

„Sonderbar."

„Wie auch immer, Caroline ist noch in Gefahr. Und vielleicht in größerer als je zuvor", flüsterte Paul. Die Klinge des Dolches in seiner Hand funkelte.

„Was weiter?"

„Zum Schluß gab es einen Kampf. Aber ich konnte nichts mehr sehen. Es war ums Eck, an der Seite des Zimmers, wo ein breiter Schrank die Sicht verdeckte. Aber Degen klirrten. Und ein Tisch stürzte um. Bilder krachten von den Wänden. Schließlich fiel ein Mann!"

„Welcher?"

„Das sah ich nicht. Ich sah nur seine Stiefel auf dem Teppich."

„Und der andere?“

„Es kann der, es kann jener gewesen sein. Der sauste durch die Tür, ich sah ja nur seinen Rücken, und gerade rutschte ich und mußte neuen Halt suchen, sonst wäre ich ins Wasser gestürzt. Als ich wieder aufschaute, da war er schon aus der Tür.“

„Was noch?“

„Das weiß ich nicht. Der Hund bellte ja so. Und ich machte, daß ich wieder zurückkam. Ja, und hier bin ich.“

„Du hast deine Sache wunderbar gemacht“, lobte ihn Franticek.

Gaston strahlte. „Ich wette, jetzt wird Caroline aus dem Schloß gebracht“, flüsterte er.

„Was tun wir?“

„Sie befreien. Kämpfen. Schießen.“

„Auch töten?“ fragte Paul.

„Wenn es sein muß, ja. Keine Rücksicht.“

Pauls Faust schloß sich fester um den Schaft seines Messers.

Da ging die Tür auf, das Tor drehte sich in den Angeln, ein Mann im grauen Rock erschien auf der Schwelle, beide Augen frei, ohne Binde...

„Der Baron“, flüsterte Gaston, „ein verteufelter Schütze!“

Doch er trug keine Waffe, er erwartete draußen jetzt keinen Feind. Er hielt Caroline an der Hand. Sie lief hinter ihm her; er rannte, und es sah aus, als ob er sie zöge, als ob sie widerstrebte.

Über die Brücke liefen sie zur Kutsche.

„Hinein dürfen sie nicht“, preßte Paul heraus. Die Spannung zerriß ihn fast. Schon sprang er auf, achtete auf nichts, keine Gefahr, keinen Rückruf, schwang den Dolch, funkelnde Waffe, Blitz in der Luft, brüllte: „Zurück!“

„Nein!“ schrie Caroline. Sie riß den Baron am Arm zur Seite.

Der Stoß ging ins Leere.

Paul stürzte. Der Baron, erschreckt durch die unerwartete Gefahr, durch den Angriff aus dem Hinterhalt, schrie: „Iwan,

verdammter, hast du hier Helfer?"
Er zielte auf Paul.

„Nein!" schrie Caroline.

Der Baron stutzte einen Moment, da krachte ein Schuß, peitschte, schlug ein; der Baron wurde herumgerissen, er drehte sich auf einem Bein, griff nach dem rechten Arm und fiel.

Im gleichen Moment war Paul auf den Beinen, mit dem erhobenen Dolch, vor dem wehrlos Liegenden...

Caroline warf sich dazwischen, sie breitete die Arme aus, deckte den Baron mit ihrem Körper, mit ihrem Leben.

Franticek war hinter Paul, er hielt seinen Arm fest. „Genug!"

Montalembert lag auf dem Boden und stöhnte. Ein Blutfleck breitete sich unter dem Arm aus.

Caroline beugte sich über ihn; sie wußte nicht, was sie zuerst tun sollte, wollte Franticek an die Brust..., wollte Paul um den Hals..., rief nur: „Danke, danke! Louis, o Gott, lieber Louis, was ist Ihnen..."

Er hob den Kopf, war blaß, murmelte: „Ich glaube, es ist nichts, nur der Arm."

„Der Baron ist mein Freund", erklärte Caroline. „Er wollte mich retten und zu euch bringen!"

Da neigte sich Franticek, um ihm aufzuhelfen.

„Dein Freund?" fragte Paul. „Hat er dich denn nicht entführt?"

„Ja, aber jetzt...", antwortete Caroline.

Und der Baron murmelte: „Ich sah meinen Irrtum ein!"

„Reichlich spät", bemerkte Franticek. Paul kniff die Lippen zusammen. Er schaute finster auf den schlanken, eleganten Mann, der jetzt blaß und verwundet war und blutete und sich auf Franticek stützte. Paul dachte: ihr Freund! Auch der jetzt ihr Freund? Ja, verhext sie denn schließlich alle, selbst ihre Feinde? Oder ist es nur, weil er Baron ist und gut aussieht. Vielleicht hätte ich ihn besser doch umgebracht.

„Was nun?“ fragte Franticek.

„Ins Schloß“, schlug der Baron vor. „Jetzt sind wir zu dritt. Meine Diener sind auch noch da. Jetzt nehmen wir uns Fürst Iwan vor. Ich weiß nun Caroline von Ihnen beschützt.“

„Ja, ins Schloß“, bekräftigte Caroline. „Ihre Wunde muß rasch versorgt werden!“

„Das ist nun die zweite Binde, die Madeleine heute anlegt“, versuchte der Baron zu scherzen. Man sah, daß es ihm schwerfiel. Er hatte starke Schmerzen. Franticek hielt ihn auf der rechten Seite, Caroline wollte ihn links stützen. Aber Paul drückte sie beiseite. „Laß nur, das mache ich“, knurrte er. Er wollte nicht, daß sie dem Mann nahe kam.

So brachten sie ihn ins Schloß.

„Und wer bist du?“ fragte Caroline den kleinen Gaston.

„Ich bin Gaston!“ sagte er stolz. „Ohne mich wären die beiden dort nicht hier.“

Caroline lächelte und zauste ihm die wirren Haare. Es störte sie nicht, daß sie schmutzig waren. „Guter Gaston, danke“, sagte sie.

27

Was sollten sie nun mit Fürst Iwan machen? Eines war ihnen allen klar: Sie konnten ihn weder einsperren, denn das wäre gegen das Gesetz gewesen, noch weniger konnten und wollten sie ihn ermorden.

So beschlossen sie, ihm alles Geld abzunehmen, damit er sich keine Hilfe erkaufen konnte, und selbstverständlich auch alle Waffen. Dann konnte er langsam und mühsam zu Fuß nach Paris zurückkehren. Seine Kutsche wollten sie hierbehalten. Damit sollte Caroline fahren. Sie wäre viel lieber geritten. Aber der

Baron meinte, daß sie eben erst krank gewesen sei, deshalb würde die Strapaze sie vielleicht zu sehr anstrengen. Außerdem wollte er sie reichlich mit Lebensmitteln versorgen. Er wollte ihr Kleider mitgeben und für die beiden Männer ein Faß vom besten Rotwein aus seinem Keller.

Franticek entfernte die Kugel aus seinem Arm. Der Baron verbiß sich den Schmerz. Madeleine versorgte und verband seine Wunde, wie sie es auch bei Caroline getan hatte. Der Baron scherzte: „So haben wir zwei doch etwas gemeinsam, Caroline – wir sind beide verwundet!"

„Ihre Wunde ist ehrenhafter, Louis", erklärte Caroline. „Eine Pistolenkugel hat sie verursacht. Meine dagegen kommt von wütenden Hunden."

Der Baron lächelte. Paul warf ihm einen finsteren Blick zu, denn er dachte – und das ja mit Recht –, daß der Baron selbst letztlich Schuld an Carolines Verwundung war.

Nun trug Montalembert einen Arm in der Schlinge und das Jackett locker und schräg über die gesunde Schulter gelegt. Er sah gut aus, wenn auch noch sehr blaß.

Sie gingen in den Salon. Dort lag Fürst Iwan noch immer auf dem Boden, sorgsam bewacht vom alten Jacques mit dem blanken Säbel. Gewiß hätte der Fürst den Alten leicht überwältigen können, sobald er wieder zu Kräften gekommen war. Aber da war noch Aristoteles. Der Hund saß mit breit aufgestemmten Vorderbeinen vor ihm und belauerte jede seiner Bewegungen. Aristoteles entging nichts, kein Wimpernzucken, kein Seufzen, keine Kopfdrehung oder ein Zucken der Hand, sofort fletschte er die Zähne und knurrte. So kam es, daß der Fürst – aus seiner Ohnmacht erwachend – ganz steif dalag. Als nun der Baron eintrat, mit ihm Franticek, Paul und Caroline, stieß er leise hervor: „Befreien Sie mich von diesem Ungeheuer, Montalembert!"

Das konnten sie jetzt gefahrlos tun.

Sie teilten ihm ihren Entschluß mit.

Der Baron nahm Aristoteles am Halsband und befahl ihm, sich auf seinen Platz am Kamin zu legen und sich nicht zu rühren. Das treue Tier gehorchte, ließ aber kein Auge von der Gruppe. Sie führten jetzt den Fürsten an den Tisch, wo er sich niedersetzte. Der Baron schenkte ihm ein Glas Wein ein.

„Trinken Sie, Fürst! Sie können es brauchen."

„Sie machen einen Fehler, Baron de Montalembert, den Sie noch schwer bereuen werden. Sie setzen auf die falsche Karte. Die Fürstin Herta zu Krötzingen-Waldegg ist jetzt bei den Siegern über Napoleon."

„Das lassen Sie nur meine Sorge sein", erklärte der Baron.

Paul und Franticek schauten mit finsteren Mienen auf den Mann, der Carolines Entführung veranlaßt hatte. Paul hätte nicht übel Lust gehabt, ihm von hinten den Dolch in den Rücken zu stoßen. Seine Blicke waren wie Messerstiche.

Fürst Iwan trank sein Glas in einem Zug leer. „Offenbar hat Ihnen diese kleine Hexe den Kopf verdreht, Montalembert", murmelte er.

„Sparen Sie sich diese Bemerkungen", erwiderte der Baron. „Ich habe mich auf die Seite des Rechts gestellt und bedauere, daß ich es nicht schon früher tat. Was Sie betrifft, so sind wir weder Kerkermeister noch Mörder. Wir lassen Sie also laufen – allerdings im wahrsten Sinne des Wortes. Sie gehen zu Fuß. Ihre Kutsche bleibt hier. Sie ist wohl nur gemietet, und ich werde sie ihrem Eigentümer zurückgeben. Sie geben mir meinen Schuldschein für das Schloß wieder, wir nehmen Ihnen alle Waffen und auch alles Geld, das Sie jetzt bei sich haben."

„Soll ich auf dem Weg nach Paris verhungern? Soll ich von Straßenräubern wehrlos niedergemacht werden?"

„Sie waren nicht so fürsorglich mit Caroline. Schweigen Sie also."

„Ich beuge mich der Überzahl“, stieß der Fürst hervor. Er dachte: nur fort, nur fort. Er händigte dem Baron den Schuldschein aus, ließ sich seine Waffen abnehmen und auch all sein Geld. Alles? Er tat wenigstens so.

„Es sind zehntausend Franc, aber vergessen Sie nicht, sie gehören der Fürstin zu Krötzingen-Waldegg.“

„Sie irren, Fürst. Das Geld ist das rechtmäßige Eigentum von Caroline. Sie bekommt es. Und zwar bis auf den letzten kleinen Rest.“

„Sie sind ja völlig verblendet!“

„Ich weiß, was ich tue.“

„Das bezweifle ich. Denn sicher wissen Sie nicht, daß ich den Auftrag habe, Ihren neuen Schützling Seiner Exzellenz dem bayerischen Feldmarschall Fürst Wrede vorzuführen.“ Das log der Fürst jetzt geschickt. Er hoffte, den Baron damit unsicher zu machen. „Das ist ein Befehl Seiner Majestät König Maximilian I. Die Lügnerin soll vor ein Gericht gestellt und – daran zweifelt kein vernünftiger Mensch – abgeurteilt und ihrer gerechten Strafe zugeführt werden. Der Strafe, die diese Hochstaplerin verdient – und ihre Helfershelfer, zu denen Sie, Baron, jetzt auch gehören. Vergessen Sie nicht: Die Zeiten Napoleons sind vorbei. Gottlob!“

„Gottlob, das sage auch ich“, antwortete der Baron. „Doch bedeutet das nicht, daß neue Zeiten des Unrechts anbrechen.“

„Wenn Sie von Carolines Recht überzeugt sind, warum weigern Sie sich dann, sie ihren Richtern vorzuführen?“

Der Baron schwieg. Er sah finster zu Boden.

Da sagte Caroline zu aller Überraschung: „Ja, vielleicht sollte ich das. Vielleicht wäre es an der Zeit, meine Sache nun endlich öffentlich zu vertreten. Ja, ich will das tun…“

Franticek hob abwehrend die Hände. „Du weißt, wie mächtig Herta ist und daß sie jeden Advokat kaufen, jedes Gericht bestechen könnte.“

8 9461-8

Caroline nickte: „Trotzdem…“

Doch Franticek erklärte: „Wir brauchen das jetzt nicht zu entscheiden. Das muß Alexander tun. Er ist noch dein Vormund.“

„Das ist richtig“, meinte Caroline. „Zuerst wollen wir mit ihm sprechen. Er soll dann auch entscheiden, was mit dem Geld geschieht, das wir dem Fürsten abgenommen haben.“

„Aber es ist deines!“

„In den Augen der Welt nicht. Ich rühre es nicht an.“

„Das ist klug“, meinte der Baron. „Aber es stört mich, daß der Fürst so glimpflich davonkommt. Sobald er in Paris ist, wird er Himmel und Hölle in Bewegung setzen.“

„Man müßte mindestens verhindern, daß er vor uns dort ankommt“, sagte Franticek.

„Aber wie? Ich will ihn keine Stunde länger bei mir haben.“

„Ziehen wir ihm die Stiefel aus. Er soll barfuß gehen“, schlug Paul vor.

„Meine Stiefel? Nein!“ rief der Fürst und faßte mit beiden Händen nach den Schäften, wie um sie festzuhalten. Er war blaß geworden und hatte das Gefühl, daß ihn die in die Stiefelsohle eingenähten Goldstücke auf den Sohlen brannten. „Wollen Sie, daß ich mit blutenden und erfrorenen Füßen am Wegrand liegenbleibe, mittellos? Sie setzen mich der größten Gefahr, vielleicht sogar dem Tode aus! Erschießen Sie mich lieber gleich! Das wäre barmherziger!“

„Faseln Sie nicht“, antwortete der Baron. „Sie werden sich schon zu helfen wissen. Monsieur Franticek! Paul! Bitte helfen Sie, halten Sie den Herrn fest.“

Franticek und Paul warfen sich über den Fürsten, und der Baron versuchte, dem heftig um sich Schlagenden die Stiefel auszuziehen. Da hielt Caroline ihn zurück.

„Nein“, sagte sie, „nein. Ich will das nicht. Es ist noch keine drei

Tage her, da stand ich mit eisigen Füßen auf der kalten Erde. Hinterher war ich krank, fieberte…“

„Aber er kann mehr aushalten als du!“ rief Paul.

„Trotzdem! Ich will es nicht. Nicht nur aus Barmherzigkeit. Sondern auch aus Klugheit. Denn man könnte es mir einmal schlecht ankreiden, sollte es zum Prozeß kommen.“

Diesem Argument wollten sich auch die anderen nicht verschließen. Und so brachten sie schließlich Iwan Fürst Borowsnikof aus dem Haus. Sie führten ihn gemeinsam durch das Eingangstor, über die Brücke und an seiner Kutsche vorbei, deren Pferde Hafer kauten, den ihnen Jacques vorgeschüttet hatte.

Sie schoben ihren Gefangenen durch das Wäldchen und bis zum Feldweg. Dort gaben ihm die Männer einen Stoß. Er taumelte. Dann warteten sie, bis er hinter der ersten Biegung entschwand.

„Mein Gefühl sagt mir, daß wir ihn bestimmt wiedersehen werden“, brummte Paul.

Und Franticek nickte. „Da magst du recht haben. Und vielleicht schon in gar nicht langer Zeit.“

„Am liebsten würde ich ihm jetzt noch ein Loch in den Pelz brennen“, murmelte der Junge.

„Von hinten?“

„Hat er es anders verdient?“

Dann drehten sie sich um. Sie holten ihre beiden Reitpferde aus dem Versteck im Wäldchen und brachten sie auf den kleinen Platz vor das Schloß, wo die Kutsche stand.

Es kam die Zeit zum Abschied. Der Baron versorgte sie reichlich mit Lebensmitteln, Jacques lud auch ein Faß Rotwein in den Wagen.

Caroline stieg ein. Franticek schwang sich auf den Bock und reichte dem Baron von oben die Hand. „Ich danke Ihnen, daß Sie sich zum Schluß für Caroline entschieden haben, ich danke Ihnen für alles, was Sie an ihr wiedergutmachten!“ murmelte er. Es fiel ihm immer noch schwer, zu diesem Mann freundlich zu sein.

Der Baron antwortete: „Ich verstehe Ihre Zurückhaltung. Glauben Sie mir aber – denn man soll den Tag weder vor dem Abend loben noch tadeln –, glauben Sie mir aber: Vielleicht erwächst aus unserer Begegnung, die so schlecht für Caroline begann, schließlich doch noch etwas Gutes. Ich werde alles für sie tun, was mir möglich ist. Frankreich wird wieder einen König aus dem Hause der Bourbonen bekommen. Dann erhalte ich meine von der Revolution beschlagnahmten Güter zurück. Dann werde ich eine Position in der neuen Regierung einnehmen. Dann werde ich für Caroline da sein und auch beim König von Bayern meinen Einfluß geltend machen."

Franticek sagte nichts. Er verstärkte aber den Druck seiner Hand. Paul nickte aus der Höhe seines Sattels nur kurz zum Baron hin. Er dachte: Ich verzeihe dir nie, was immer du jetzt auch sagst. Der Baron wollte auch ihm seine Hand emporreichen, den linken, unverletzten Arm, unterließ es aber, denn er spürte die Welle der Ablehnung. Desto herzlicher wandte er sich an den kleinen Gaston, der wie ein Lumpenkönig auf seinem Pferd saß und übers ganze Gesicht strahlte. Selten war er so stolz gewesen. „Ich verspreche dir, daß ich mich um dich kümmern werde", rief er dem Kleinen zu. „Du bist ein tüchtiger Kerl und solltest eine gute Erziehung erhalten. Dann steht dir die Welt offen..."

„Aber Louis", rief Caroline lachend aus der Kutsche, „Wollen Sie noch nachträglich ein Revolutionär werden?"

„Vielleicht habe ich durch dich gelernt, wie sehr man sich in den Menschen irren kann. Denn wenn ein Bauernmädchen in Wirklichkeit eine Prinzessin ist, wie leicht kann dann auch ein Pariser Straßenjunge ein kleiner Fürst sein, oder besser, ein guter Mensch."

Er trat an die Kutsche und reichte Caroline die Hand durchs Fenster. „Du weißt, daß ich dich wiedersehen möchte", sagte er leise. „Bald schon. Deshalb sage ich nicht, daß ich dich nicht vergessen werde. Du wirst mir immer gegenwärtig sein!"

„Ach, Louis", antwortete sie. „Wären wir uns nur nicht unter so einem bösen Stern begegnet!"

„Ich weiß! Ich habe viel an dir wiedergutzumachen. Aber ich bin trotzdem dankbar..."

„Warum?"

„Weil ich dich anders nie kennengelernt hätte!"

Da beugte sich Caroline über den Kutschenschlag, legte ihm einen Arm um den Hals und hauchte ihm einen Kuß auf die Wange. Er stand ganz still. Er sog den Duft ihrer Haare ein. Vielleicht hätte er selbst seinen Arm um sie gelegt, aber er spürte die Blicke von Franticek, von Paul, kühl, vielleicht sogar feindselig.

Franticek ließ die Zügel knallen.

Paul gab seinem Pferd einen energischen Schenkeldruck. „Hei!" schrie Gaston vergnügt. Die Tiere trabten an, die Kutsche rollte. Caroline winkte. Der Baron blieb bei der Brücke zurück. Und unter dem Portal standen die alte Madeleine und der alte Jacques und hielten Aristoteles zurück, der am Halsband zerrte.

Die Sonne hing über den Feldern. Es duftete nach Frühling.

Am Wegrand saß Fürst Borowsnikof. Als er die Gruppe kommen sah, versteckte er sich in einem Gebüsch. Er lächelte. In seinen Stiefeln spürte er die Goldstücke. Nur noch bis zum nächsten Dorf brauchte er zu wandern, jeder Bauer konnte ihm die Sohle mit einem Messer abtrennen. Dann hatte er wieder alles, was er brauchte. Neue Stiefel, ein Pferd, Waffen.

Er ließ die Kutsche mit den beiden Reitern vorbei. Dann machte auch er sich auf den Weg. Nur einen Blick warf er noch zurück, dorthin, wo das Schlößchen Montalembert lag. Mit dir rechne ich später ab, dachte er grimmig. Zuerst kommt Caroline an die Reihe.

28

Die kleine Stadt Fontainebleau liegt etwa sechzig Kilometer südlich von Paris, der Hauptstadt Frankreichs. Paris war von den Verbündeten besetzt, Fontainebleau mit dem Schloß des Kaisers Napoleon umzingelt, aber noch nicht erobert. Hierhin hatte sich der geschlagene Kaiser mit seinen letzten Getreuen zurückgezogen. Hier unterschrieb er seine Abdankungsurkunde.

Am Abend vor seiner Abreise nach der Insel Elba, die ihm als Exil zugewiesen worden war, trafen Caroline, Franticek und Paul in Fontainebleau ein und nahmen im Gasthof *Aigle Noir* – das heißt *Schwarzer Adler* – Quartier. Der kleine Gaston lief ins Schloß, suchte einen Weg durch die Wachen, fand Alexander Helmbold, der in all den vergangenen Wochen an der Seite Napoleons gekämpft hatte – und nur eine Stunde später kam er zu ihnen in den Gasthof.

Bewegt schloß Alexander Caroline in die Arme. „Du lebst, du bist gesund", murmelte er. „Ein schöneres Geschenk konnte mir in dieser trüben Stunde nicht gemacht werden. Ja, das wiegt alles andere auf. Erzähle..."

Und Caroline berichtete rasch, ließ nichts aus, faßte sich aber kurz. Und als sie geendet hatte, sagte sie: „Und nun denke ich, daß es das beste ist, wenn ich die Entscheidung über mein Schicksal den Richtern und dem König von Bayern überlasse."

Franticek schüttelte den Kopf. „Niemals", rief er, „da findest du keine Gerechtigkeit. Und wenn du erst einmal verurteilt worden bist, wird alles nur noch viel, viel schwerer."

Alexander ging nachdenklich in der Stube auf und ab. Endlich meinte er: „Ja, das glaube ich auch. Ich muß Franticek zustimmen."

„Aber soll es denn immer so weitergehen?" rief Caroline. „Ich will endlich Klarheit."

„Ich verstehe dich", meinte Alexander. „Aber du bist vor wenigen Tagen erst fünfzehn geworden. Ein wunderschönes, junges Mädchen, vor dir liegt das ganze Leben. Ich bin noch dein Vormund. Und ich kann es nicht zulassen, daß dir deine Zukunft zerstört wird. Nein, nein und nochmals nein!"

„Aber was sollen wir machen – und was wirst du nun tun, wenn der Kaiser abdankt?"

„Wie ich mich endgültig entscheiden werde, weiß ich noch nicht. Zunächst folge ich Napoleon auf die Insel Elba, wie einige seiner Getreuesten und etwa vierhundert Mann seiner Garde. Ich stehe noch in seinen Diensten. Er braucht mich, vielleicht mehr als je. Diese Zeit, bis ich wirklich frei bin, müßt ihr warten. Und zwar keinesfalls in Paris, dort wäret ihr vor dem Zugriff Hertas, vor Fürst Wrede und der bayerischen Polizei nicht sicher. Geht wieder nach Wien in eure alte Wohnung, die ihr vor einem Jahr verlassen habt. Sobald wie möglich folge ich euch. Zuvor will ich mit unserem Freund, dem Notar Kaltenegger, sprechen. Er ist Jurist. Er kennt die Verhältnisse in Bayern und Hertas Stellung bei Hofe. Er kann uns sagen, welche Aussichten Caroline im Fall eines Prozesses hat. Vielleicht können wir den Fall König Maximilian I. von Bayern vortragen, ohne daß ihm Caroline vorgeführt wird."

Caroline nickte. „Einverstanden. Und das Geld von Fürst Iwan deponieren wir bei einer Bank. Dann kann man mir keinen Diebstahl nachsagen."

„Sehr gut!"

Alexander mußte ins Schloß zurück: „Kommt morgen", sagte er. „Ihr könnt mit mir dabeisein, wenn sich Napoleon von seinen Soldaten, von seiner alten Garde verabschiedet."

29

Sie standen im Hof.

Dies war der letzte Tag Napoleons, des Kaisers der Franzosen. Zwanzig Jahre lang hatte er Europa beherrscht. Gut oder böse – lange wird nach ihm kein vergleichbarer Mann mehr die Bühne der Geschichte betreten.

Seine Frau Marie Louise und sein kleiner Sohn, der König von Rom, waren bereits von ihm getrennt.

Es war ein kalter Tag, dieser 20. April 1814, als der Kaiser, der schon kein Kaiser mehr war, Abschied von seinen Soldaten nahm. Er stand in der Mitte vor den beiden großen Treppen, die zum Schloß emporstiegen, im *Hof des Weißen Pferdes*, der von nun an auch *Abschiedshof* heißen sollte – der kleine, nicht mehr mächtige Mann, der erschöpfte Kaiser. Hinter ihm die roten Ziegelmauern, die hell blinkenden Fensterreihen, darüber der klare kühle Himmel. Tauben, die über die Dächer und über den Hof segelten; Tauben, die über die Doppelreihe der Soldaten dahinstrichen, die vor ihrem Kaiser Aufstellung genommen hatten. Dunkelblaue Uniformen, scharlachrote Aufschläge, weiße, über der Brust gekreuzte Lederriemen und schwarze Bärenfellmützen mit roten Pompons.

An der äußersten Ecke, in der hintersten Reihe stand ein Gardist mit einer weißen Binde über dem rechten Auge. Er sah grimmig aus, dieser Mann, zu allem entschlossen. Und er wagte auch das Äußerste inmitten dieser glühenden Anhänger Napoleons, denn er gehörte nicht zu ihnen. Seine Uniform hatte er erst gestern in Paris erworben. Nichts war derzeit so leicht zu bekommen wie eine Uniform der Garde. Sie wurden zu Hunderten angeboten. Denn wer den Dienst quittiert hatte, der wußte, daß er so bald keine Uniform mehr brauchte, und diese schon gar nicht.

Unter der Jacke trug der Mann eine geladene Pistole.

Der Kaiser stand allein, so allein, wie er es in Wirklichkeit war. Seine Kutsche wartete nicht weit entfernt.

Nicht weit entfernt wartete auch Alexander auf das Ende dieser Zeremonie. Neben ihm Caroline, Franticek und Paul und auch der kleine Gaston.

Caroline prägte sich alles ein. Sie wollte nichts vergessen von dieser Szene, ihr ganzes Leben nicht, denn sie wußte, daß sie Zeugin einer historischen Stunde war. Sie schaute auf den Kaiser, auf seine gebeugte, kleine Gestalt, seinen berühmten, langen Mantel.

Jetzt begann Napoleon zu reden, mit leiser, brüchiger Stimme.

Alle lauschten. Keiner achtete auf den Gardisten mit der Augenbinde, der heimlich die rechte Hand unter die Jacke schob und nach seiner Waffe griff.

„Soldaten meiner Alten Garde", begann Napoleon, „ich sage euch Lebewohl. Zwanzig Jahre lang habe ich euch auf dem Pfad der Ehre und des Ruhmes gesehen. In guten Zeiten, aber auch jetzt zum Schluß, seid ihr Vorbilder an Mut und Treue gewesen..."

Der Gardist in der letzten Reihe tat so, als könnte er seine Tränen nicht mehr zurückhalten. Er trat einen Schritt zurück und wischte sich über die Augen. Sein Nebenmann schenkte ihm keinen Blick, er hing wie gebannt am Mund des Kaisers.

Und Napoleon redete weiter. „Ich verlasse euch. Ihr, meine Freunde, werdet weiterhin Frankreich dienen..."

Der Soldat in der letzten Reihe zog langsam die Waffe. Verborgen hinter dem linken Arm, mit dem er sich scheinbar die Augen verdeckte, hob er sie.

„Lebt wohl, meine Kinder!" rief jetzt Napoleon. Und alle ringsum schluchzten. Nur einer nicht. Er zielte eiskalt. Er zielte auf das junge Mädchen, das in der Menschengruppe dicht beim Kaiser stand, im weißen Kleid mit dem Überwurf aus Wolle, das Mädchen mit den goldbraunen Haaren…

…er zielte, der Mann mit der weißen Augenbinde, er hatte das liebliche Gesicht im Visier…

…und eine Taube strich über sie dahin, eine weiße, unschuldige Taube, kreiste, stand flatternd über ihr…

Der Mann krümmte den rechten Zeigefinger. Da schaute sich – war es ein Zufall oder das Eingreifen einer höheren Macht – da schaute sich sein Vordermann um und erblaßte. Er erschrak und schrie: „Der Kaiser, rettet den Kaiser, ein Attentäter!" Und er warf sich auf Fürst Iwan. Zwei seiner Kameraden mit ihm. Der Schuß löste sich, ging in die Luft, die weiße Taube fiel vor Carolines Füßen nieder.

Fürst Iwan wurde überwältigt und sofort abgeführt. Doch in der gleichen Sekunde dachte er: Mit dieser Geschichte kann ich in allen Salons und Schlössern Ehre gewinnen als der Mann, der Europa vor einer Wiederkehr des Ungeheuers Napoleon bewahren wollte. Er wußte, daß ihm nicht viel geschehen konnte, so, wie die politische Lage nun einmal war. Niemand würde ihn aburteilen. Im Gegenteil, er war der Held jeder Gesellschaft. Denn keiner ahnte, daß er nicht auf den Kaiser gezielt hatte.

Napoleon hatte den Schuß und die Bewegung in der hintersten Reihe nicht gehört, oder er wollte sie nicht mehr hören.

Er winkte einem Fähnrich mit dem Adler und der Fahne. Der Mann trat vor. Keiner der grauhaarigen Krieger vermochte jetzt noch seine Tränen zurückzuhalten. Sogar die britischen, die preußischen und österreichischen Kommissare, die der Abschiedsszene als Zeugen zusahen, waren gerührt.

Die Garde präsentierte das Gewehr. Der ehemalige Kaiser

nahm das seidene Tuch, auf dem in Gold all die Namen seiner siegreichen Schlachten aufgestickt waren. Er drückte die Fahne an seine Lippen. Lange.

Was dachte er wohl in diesem Augenblick?

Napoleon hob die linke Hand. Er rief: „Adieu! Behaltet mich in eurem Gedächtnis!"

Dann drehte er sich rasch um, stieg eilig in seine Kutsche und wurde im Galopp aus dem Schloßhof gefahren.

Caroline hob die tote weiße Taube auf und brachte sie zu einem Gebüsch.

„Für wen sie wohl sterben mußte", fragte sie Alexander, „für mich oder für den Kaiser?"

„Du sollst es nie erfahren", antwortete er. „Dieses Geheimnis verbindet dich mit ihm. Leb wohl, mein Kind. Caroline! Schnell, schnell nach Wien. Hier seid ihr nicht sicher. Ich komme, sobald ich kann. Jetzt, das versteht ihr, führt mein Weg in diese Richtung." Und er deutete dorthin, wo sich der Staub von Napoleons Kutsche über dem Weg erhob.

Da legte Franticek seine beiden Arme um Pauls und Carolines Schultern und führte seine Kinder, die beide nicht seine leiblichen Kinder waren, mitten unter den Gardisten davon, aus dem Hof.

Gaston, der Kleine, lief zu dem Busch, in dem die Taube lag. Er wollte sie mit dem Instinkt dessen, der jahrelang den Hunger gespürt hatte, aufheben und zu Mère Soleil in den Kochtopf bringen.

Dann aber legte er sie zurück und breitete sorgsam Äste über sie. „Nein, dich nicht", flüsterte er, „dich nicht! Und außerdem brauche ich dich auch nicht mehr. Für mich sorgt jetzt der Baron de Montalembert."

Wieselflink, so wie nur er laufen konnte, sauste er davon.

CIP-Kurztitelaufnahme der Deutschen Bibliothek

Simon, Katharina:
Caroline / Katharina Simon. – München : F. Schneider
Früher mit d. Erscheinungsorten München, Wien, Hollywood/Florida, USA

Bd. 4. Die Entführung aus Paris. – 1987.
ISBN 3-505-09461-7

8000 München 46 · Frankfurter Ring 150

Titelbild und Illustration: Ulrike Heyne, Herford
Umschlaggestaltung: Claudia Böhmer, München
Lektorat: Helga Wegener-Olbricht
Herstellung: Brigitte Matschl
Satz/Druck: Presse-Druck Augsburg
ISBN: 3 505 09461-7
Bestell-Nr.: 9461

HERBERT FRIEDMANN

Der Rockstar

Ute, 13, steht auf Coco, den bekannten Rockstar. Sie besitzt die Platten mit seinen Songs, ihr Zimmer ist mit Cocos Poster tapeziert, sie bewundert den Rockstar mit den melancholischen Augen glühend. Und eines Tages geschieht das Unglaubliche: Coco erscheint in Utes Zimmer und ruft ihren Namen. Ganz deutlich sieht sie ihn in gestreiften Jeans und dem tollen Glitzerhemd bei der Tür stehen. Von jetzt ab kommt Coco immer, wenn Ute es will. Sie braucht nur mit dem Finger zu schnippen und ganz fest an ihn zu denken. Kann Ute zaubern?

Das Besondere dieses Buches:
Wirkliche und phantastische Erlebnisse aus dem Alltag eines Mädchens auf dem Weg zum Erwachsenwerden.

Schneider-Buch